最世文化
Shanghai ZUI co.,Ltd

吴忠全

——著

失落在记忆里的人

Lost in the Memory

CNS PUBLISHING & MEDIA 中南出版传媒
湖南文艺出版社
HUNAN LITERATURE AND ART PUBLISHING HOUSE
博集天卷
CS-BOOKY

1\. 爱情确实不是必需品，面条才是，

面条可以果腹，爱情就像是那瓶空了的虾酱，

只不过是调味品罢了。

2.

如果爱情是公平的，需要对等交换的话，那他无疑是死路一条了，他很久以前虽也对谁付出过真心，但也知道没能换回来实意，往后就不必提了，他已认为是自己把自己送进了死地，无人能救，他活该，他想要认命了。

3\. 他一步一步向后退着走路，抬头去看那夜空，他在那时清晰地意识到自己是在和这个世界正常的运转背离，就算能在记忆里无限制地穿梭，但他已经被抛下，时间在往前走，万物在向上拔节，只有自己，一次次地往回忆里退。

4.

雨水顺着他的头发、脸颊流淌，洗刷净所有欲望。

他看到一个女孩儿的背影在雨中颤抖着肩膀，

“真爱之声”在耳边再次响起，“怦怦、怦怦”，那声音在召唤，

如同使命，也如同福音。

/059

5\. 沈铎握紧拳头，做了一个胜利的手势，他做到了，他在万千记忆中找到了她，在浩瀚的时光中定住了这一刻，他有流泪的预兆，有呐喊的冲动，有上帝的豪迈感，他虽然还是不知道她是谁，还是不知道这爱的来头，不知道这爱为何浓烈，但他知道自己得救了！

6.

想留住，又怕走不出，

这方面老年人就做得很好，他们要的是回忆，

年轻人却怕陷入回忆，他们要的是未来。

7. 她想着接下来的路程，就当是她带着他一路旅行，这也是她之前的一个愿望。她想了想，又觉得“旅行”这个词用得不对，确切地说应该是她带他回家，回到一切开始的地方，他们可以从头来过。

/111

8.

那时天空晴朗，她也并没有释怀，只是把世间的事更看透了一些，所有的江河都会入海，这是最正常的事情。她没有把对周晨的爱放下，只是坚定着要带着爱他的回忆，好好地活下去。

9. 风是他的手指，拂过脸庞，

湖水是他的眼眸，久久凝视，屋檐是他撑起的伞，遮挡阵雨，

夜里的被子是他温暖的胸口。

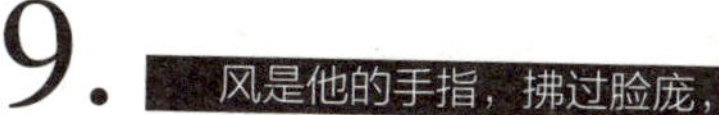

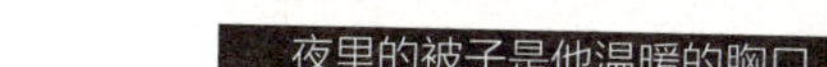

/161

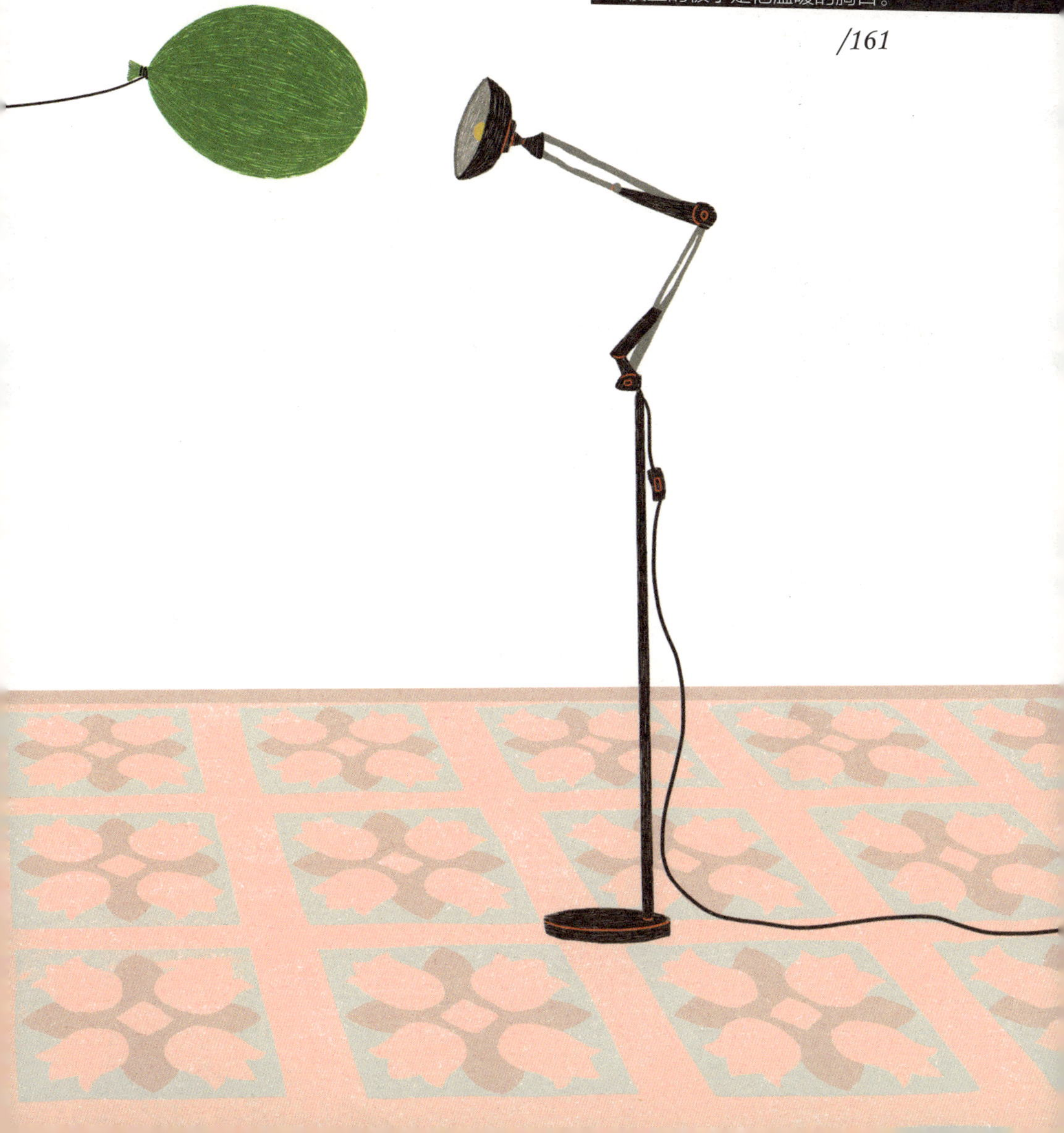

10.
他在床上躺了很久，又穿梭回那片雨中的海滩，
看着夏秋哭泣的背影一步一步走远，他想过去抱抱她，
或者说让她抱抱自己，他此刻的决定正在把她一点点推远，
推到相隔千里看不见的距离。
/173

11. 她没来由地就想到这个，又觉得仿佛是星辰般已过去千百万年，是生命中后知后觉的闪亮，是寒冬过后才意识到烧了一冬的炉火，不易想起又确实存在的温暖。

/191

12.

她觉得和陈卓的距离是近的，但这近又带着疏离感，

带着某种抗拒的成分，或许是自己的戒备心在作祟，

也或许是怕主动的关心如同豁开风袋的口子，一发不可收拾。

/207

13.

在黎明前的黑暗里，如果你一直往东方走，跨过河流与平原，绕过湖泊与森林，只要你一直走，一直走，不怀疑也不放弃，便能在山谷里看到那准备升起的太阳，你就能看到光。

/227

记忆中记得最牢的事情，
就是一心要忘却的事情。

——蒙台涅尼

Lost in the Memory

1.

爱情确实不是必需品，面条才是，

面条可以果腹，爱情就像是那瓶空了的虾酱，

只不过是调味品罢了。

那天傍晚的夕阳比往日要大一些，被高架路托住，落在两栋玻璃幕墙的高楼间，伴随着空气的波动，有了更多的曲线。那飞驰而过的车辆在路过它身前的时候，都放慢了速度，成了薄薄的剪影，更像是即将被吞噬掉一样。

在一间有着大落地窗的小教室里，沈铎站在讲台上，他看着窗外那多少有些魔幻现实主义的画面发了一个小小的呆，没来由地审视了一下自己这27年来的人生，他没有深入追究过去，也没有多想关于未来的规划，只是思维跳出一个3米的高度，俯瞰了一下当下的日子，似乎还算令他满意，除了要还的信用卡账单。

他不知道自己为何会在这个时间、这个地点，面对窗外夕阳滑落的这个时间里，突然去想这些事情，他也不会认为这是某种特定时刻猛然降临的神谕，更不会从心底升起某种感动，来回应这黄昏的多愁，他只是觉得视线越来越虚无，很难坚定地聚焦在某个点上，于是那些画面也跟着散乱开来，流淌一片金黄。

他是被一声轻微的咳嗽唤回了神，才想起自己还站在讲台上，他也故意轻轻咳嗽了一声，来缓解因走神所产生的小尴尬。他把在窗外失焦的目光聚回面前的学生身上，继续进行他的课程。他对面前的女生说：“我正在网上学习读心术，你相信心灵感应吗？”女生摇了摇头，很坚定的样子。沈铎笑着说：“我也不信，但我又想试试灵不灵。”

“怎么试？”女生产生了一点儿好奇。

“你过来。”沈铎冲女生招了招手，女生走到讲台上，站在沈铎身前，比他矮了半个头，最舒服的接吻高度，沈铎心里随意跑出这么个念头，随即又飘走了。

“你想一个数字，从 1 到 5，想好了不要变。”沈铎停顿了一下又变了主意：“从 1 到 5 太小了，换个大点儿的，难度大一些，从 1 到 10 吧，想好了吗？”

女生点了点头。

“你想的数字比 5 大。”沈铎盯着女生的眼睛。

女生又点头。

“离 5 近吗？”沈铎问道。

女生想了想：“有点儿远。”

沈铎伸出手：“握住我的手，你心里想的数字就会传到我这里。”

女生将信将疑地伸出手，沈铎握住，然后把手拉到胸口，闭上眼睛，用心感应的样子。手很软，这软手在他胸口停留了十几下心跳的时间，他才缓缓睁开眼睛，看着女生满脸期待的神情说道："是8没错吧？"

女生一脸惊讶，这惊讶里又包含了些许的小惊喜："怎么回事儿？这是怎么回事儿？你怎么会猜到？"

沈铎松开女生的手，做了一个请的手势，女生回到座位上，教室里响起热烈的掌声。

沈铎很享受这掌声，他认为这是真心的敬佩和最真实的回应，但他也渐渐感到厌倦，这种真实的敬佩也等同着愚蠢。

等掌声平息下来，他才接着开口道："首先我让她从1到5之间选择一个数字，接着又换成1到10之间，这里的重点是那个'大'字，我说换个大一点儿的，这个'大'字具有心理暗示的作用，这样对方都会选择大于5的数字。接着我问离5近吗？这个回答会泄露出重要的信息，按照人类通常的语言习惯，如果是6的话她会回答'近'，7'有点儿近'，9'很远'，犹豫一下回答'有点儿远'，就是8。当你获得了答案后，下一步是触碰指尖还是握住手，都由你决定了，但一定要注意，不能太过于激进，避免女孩儿对你产生反感，毕竟这只是中场战术。"

沈铎说完，教室里又响起一片掌声，那个刚刚配合的女生一边鼓掌还一边在嘀咕，近，有点儿远，远。她看来是在核实着自己的语言逻辑。沈铎把目光从她的身上移开，抬手看了看手表，今天的课程时间已经到了。

沈铎在这家专门教人搭讪泡妞儿的私人培训班任教快一年了。从最开始只有男生来学习，到最近渐渐有了些女生，他也从最初的玩票心态逐渐转变为认真的态度。他的好几个学生从这里毕业后，都找到了另一半儿，上个星期他还参加了一个学生的婚礼。在婚礼现场，那个男同学虽然没敢在台上直接表达对他的谢意，但在之后的敬酒阶段还是诚恳地喝了三杯，他们之间似乎维护着一个共同的秘密，都不必说破。他也从这隐秘的关系中，体会到了自己工作的另一种意义，并不只是教人搭讪泡妞儿这么肤浅，还能够帮助人们找到真爱，就像他们培训班的 slogan（口号）那样，“真爱有时也需要技巧”。

下课后沈铎在讲台上收拾备课材料，刚才配合他讲课的那个女生靠了过来，在一旁盯着他看。

“怎么？还不走？”沈铎抬起头问道。

“老师，你靠这招数泡过多少女人啦？”女生好奇地问道。

“没几个。”总有学生问他这个问题，他懒得回答。

“老师您真谦虚，宣传册上说您已经搞定过不下100人了。”女生掏出培训班最新的宣传册给沈铎看，那上面有沈铎穿着西装抱着胳膊的照片，虽然很帅，但他不喜欢看，像个房产中介似的。“上面瞎写的。”他低着头回答。

“这么说你们是虚假广告喽？”女生眨着大眼睛，半认真地问道。

“也不能这么说，只是稍微夸张了一点儿。”沈铎觉得还是要解释一下。

“1到50还是50到100？”女生问道。

“现学现用啊？”沈铎觉得好笑，同时也认可了女生的聪明，抬起头算是认真地打量了一下她的脸，有几个雀斑，还算漂亮。

“50到100。”沈铎诚恳地回答。

“离50近吗？”女生问完也忍不住笑了。

“有点儿远。”沈铎整理完材料朝教室外走去，女生跟了上来，唐突地冒了一句：“我想成为‘有点儿远+1’。”

沈铎停下脚步，饶有兴致地看着女生：“你来这儿学习不会就是为了泡我吧？”

“我只是想一对一学习。”女生拉着沈铎的袖子扮可怜。

“有这个必要吗？”沈铎挣脱开袖子。

“我可以帮你还信用卡账单。”女生给了另一个回答，脸上也有了认真的神色。

沈铎愣了一下："哟！了解得挺详细啊！"

女生一副"小意思"的得意表情。

"那可挺多的。"沈铎也有了些认真。

女生靠上来："就知道你还不起。"

"你想要怎么学习？"沈铎觉得还是要确认一下。

"泡我呗，简单吧？泡上手了我就付钱。"女生说着快走了几步，把沈铎抛在身后，走远了又回头冲沈铎喊道："沈老师，加油哦！"

沈铎嗤笑了一下，心想加个屁啊！却听到手机振动起来，掏出来看，是信用卡催还款信息，他无奈地摇了摇头，又看向女生远去的背影，叹了口气。

沈铎回到单身公寓时天已经完全黑了下来，他有些疲惫地往床上一躺，想到的竟是女生刚刚在最后一丝余晖中跑远的背影。他没让这画面过多地在脑中停留，强迫自己起身去冰箱里翻找吃的，意料之中的空荡。冰箱里只剩下一包面条，他也并没有感到沮丧，把那包面条煮熟端到餐桌上，却发现那瓶下饭用的辣虾酱见了底，他就一口一口吞咽着清水面条，没有太多的滋味，只能伴着些思量下咽。他粗略地想着许多被自己泡到手的女生，那些年轻的脸大多已记不起来，像此刻吞进口中的面条般，越嚼越没了滋味。

他在反思着自己和她们之间到底有没有过爱情呢？看来是没有的，有过也是短暂的，不触及深刻的，他甚而觉得自己根本就是不相信爱情的人，或者说对他目前的生活来说，爱情并不是必需品。他细细咀嚼了这个想法，又进一步得到自我确认，爱情确实不是必需品，面条才是，面条可以果腹，爱情就像是那瓶空了的虾酱，只不过是调味品罢了。

吃过了面条，沈铎蜷缩在沙发上，电视里重播着球赛，早已知道了比分就等于拥有了上帝视角，对每个人的行为都有了结果论的评判。他不知怎么的，盯着屏幕上的一片绿意，就又想起了那个女生，莫非她让自己感受到了春意？他又回避掉这婉转的疑问，怕给自己过多的暗示，却真实地产生了某些想要有人长久陪伴的念头。

那一刻他还并没有意识到自己是被孤独侵袭了，他关掉电视爬上了床，临入睡前提醒自己明天别忘了再买一瓶虾酱。

隔天上课，女生在座位上一直冲着沈铎笑，那笑一看就是专门笑给他看的，感觉像是两人达成了某种默契，只有他们两人知道，我一笑你就懂了，且这笑还具有排他性，似乎还有一丝“我俩关系更近一些”的优越感。

下课后女生磨蹭到最后才走，沈铎也有意在等她。沈铎靠在讲台旁，女生在讲台前面，沈铎有了居高临下的优势："还没告诉我你叫什么名字呢。"

"不告诉你。"女生有点儿小无赖。

"连名字都不告诉，不泡了。"沈铎假装生气，却在资料中翻找起来，最后拿出一张学生名单，从上往下看，突然猛地抬起头："什么？你叫艾柠？"

沈铎这突如其来的惊讶吓了艾柠一跳："怎么啦？叫这名字不行啊？一惊一乍的。"

"没事儿，没什么。"沈铎收起资料往外走，但这明显有事儿的样子让艾柠心生好奇，跟上去追问到底怎么了。

沈铎有些难为情地说道："你和我初恋女友重名。"

听了这个答案艾柠实在气恼，握起拳头捶打沈铎："沈老师你好老套哦，这么烂的方法还在用！"

沈铎却表情认真地说道："真的，没骗你。"

"呵呵，不会是那年你6岁她5岁吧？"艾柠翻白眼。

"不是，我20，她21。"沈铎的话语里有了一丝沉重的气息，"她被一个更了解女人的男人抢走了，于是，我才变成了现在的我，所以你说我是该恨她还是感谢她？"

艾柠被这毫无预兆的坦白和问题弄得有点儿蒙："这个……这个

不太好说，她是一个什么样的女生？”

沈铎想了想，下了很大的决心才说：“这个故事有点儿长，我们找个地方坐下来聊吧。”

两个人朝附近的咖啡厅走去，由于有了漫长的故事要讲，这途中的沉默也就放心恣意，眼看就到了咖啡厅门前，沈铎却接了一个电话，挂了之后对艾柠说：“实在对不起，我有些急事儿要处理，明天再讲给你听吧。”说着便离开，艾柠被这突生的变故打乱了心理预期，看着沈铎急匆匆的背影，难免升起不小的失落，可沈铎又突然掉头回来了：“我忘记了明天没有课，把你电话号码给我。”

那语气不是要号码，不是能不能，而是必须给我。

艾柠把号码给了沈铎，走回家后才发觉自己已陷入了被动，不管期待还是不期待，自己都因给了号码这件事情而面临着等待的窘境。

可是第二天一整天电话都没有打来，艾柠躺在床上捧着手机想，他并没有说今天会打给我，但话语中的意思又全都是今天会打给我。随后她又猜测了一番，会不会是自己给错了号码？还是他出了什么事儿？昨天离开时神色匆匆的……她胡思乱想了好一阵儿，突然惊觉，他的电话无论打来还是不打来，自己的心境都已经被扰乱了，被他牵着走了，在这个环节里，他轻巧地赢了，自己真的想听那个故事吗？没准儿那个故事都是假的。

但她确实一夜都没有睡好。

隔天傍晚那个姗姗来迟的电话终于打来了，艾柠内心不能说是没有波澜的，但她想着的是这回无论他使用怎样的招数，自己都要表现得冷漠且无动于衷，这是她刚学到的技巧，这么做会让对方捉摸不透，也会因这捉摸不透而产生神秘感。她反思了一下自己之前的状态，过于坦诚了，如同一具裸体般摆在他面前，任凭舍取，这个底子打得随意，她必须扭转。

艾柠故意迟到了 10 分钟来到约定的酒吧，却发现沈铎还没有到，她在吧台边点了一杯酒慢慢喝着，想着沈铎待会儿到了一定要保持住平静，决不能露出丝毫的抱怨情绪。

可真当沈铎出现的那一刹那，她那些准备好的小心思突然就全部背叛了。她看着沈铎一身精心的打扮，利落的短发，刚刮过的下巴，修身的衬衫，整齐的裤脚，在酒吧迷离的灯光下散发着诱人的气息，全然不是之前课堂上见过的中规中矩的样子，她竟一瞬间看得痴迷。

“哟，来得这么早。”沈铎在她身边坐下，第一句话竟不是对于迟到的道歉，而像是根本没有约定时间这回事儿，艾柠来得早全都是她自己的错。这样一来艾柠的平静就又崩塌了一点儿，心里升起非要说清是非的念想，可硬把前因后果讲清楚反倒显得自己计较了，她竟不知该怎么回这句话，想着那就拐个弯吧，竟支吾着说了一句："你今天的打扮很帅嘛！"她想着自己也是精心打扮一番才过来的，怎么着也能换回一句称赞吧？可沈铎只是嘴角微扬："还好啦。"

艾柠心里有些懊恼，打出的牌全都不是预期的效果，本以为张张大牌，可对方却不在乎输赢。她觉得沈铎今天的态度很随意，焦点似乎没有放在自己身上，可是明明是他打电话约的自己，出于礼貌也不该如此，何况他们之间还有"交易"，没有不主动的原因啊？艾柠胡乱猜测着，沈铎伸手端起她面前的酒杯看了看："你成年了吗，就喝酒？"

这话是对一个女人太过明显的赞美，艾柠扑哧一下笑了，也就放心了，心想他还是开始使用招数了。

"今天刚满 18 岁。"艾柠顺着话聊下去，心中的猜疑和懊恼都消散了，但也只在几秒钟就重新聚了回来。沈铎并没有再接话，而是冲坐在他另一侧的长发女生说道："哎！你头发扫到我了！你当我的脸是地板啊？"

长发女生惊觉地回过头来，一脸歉意地向沈铎道歉，沈铎本来严肃的脸一下子充满了笑意："其实你的头发根本没碰到我。"

迎着长发女生狐疑的目光，沈铎接着说道："我要是不这么说，你也不会从热络的聊天中回过头来看我一眼。”

长发女生的脸上立马出现一抹意外又了然的笑意，沈铎冲服务生喊道：“两杯马天尼。”他和长发女生的目光同时落到了女生面前的台子上，喝光的马天尼空杯里面还有一串绿橄榄。一切都在沈铎的眼里。

艾柠看着两人喝酒聊得热络，长发女生不时爆发出夸张的笑声，自己就这么被晾到了一边。她不知道出了什么问题，也搞不清现在的状况，只是觉得满肚子的火，却又不知这火生起的根源是否理直气壮。她端起酒杯猛喝了一大口，然后便准备离开，可沈铎却在这时把身子扭转回来，面向她，像什么都没发生似的抛出询问的眼神，并把她介绍给长发女生：“认识一下，这位是我的朋友。”长发女生很友善地和她点头致意，这时沈铎起身去了卫生间，艾柠便不能离开了，出于礼貌和长发女生随意聊了几句。

沈铎从卫生间回来，拉着长发女生进了舞池跳舞，长发女生冲艾柠做了一个“sorry”（抱歉）的姿态，艾柠报以宽厚的笑意，心里却更不是滋味，刚才那杯酒下肚，起了些安抚的作用，浇灭了心中的无名火，只剩下实实在在的失落。

还好有人来“拯救”她，一个看上去并不体面又满脸邪气的男人走过来邀请她跳舞。在寻常情况下她是不会答应的，但此刻，她近似报复的心理在作祟，欣然答应了男人的邀请。两人一同走进舞池，在和沈铎擦肩而过的瞬间，她像得胜了似的斜眼看了下他，但是他好像并没有什么反应。

舞池里很拥挤，几秒钟后，艾柠便后悔了，那个不体面的男人在跳舞的时候不断地说一些污秽的话语，那双手找准时机便占她的便宜。她想要逃脱，但又怕败了，怕被笑话，只得坚持，左挡右防，她为自己陷入这样难堪的境地感到委屈，眼泪都要掉下来了。

她忍不住又看向沈铎，却已在舞池中找不到他，又转过头到另一侧来找，还是没有。整个酒吧都被灯光晃得邪恶，她有些慌了，舞伴这时在她屁股上掐了一把，满脸受用的表情。她往后挣脱了一步，没有挣脱开，那手就又伸了过来，她尖叫着挡掉，却又挡不掉。声音被音乐消融，力道也被消解，她被困在男人掌控的范围内，下一次的侵犯随时降临，她生出了一种一生都被毁了的绝望。

就在这时，沈铎像从天而降般拉住了不体面男人的胳膊，又把艾柠从他身边拉开，不体面男人冲沈铎怒目表示不满，沈铎同样凶狠地看回去，两人在混乱的光影中对峙了几秒，不体面男人灰了，灰溜溜地离开。沈铎拉着艾柠往舞池外面走，像英雄一样，千军万马中救她于尘嚣，艾柠被拉着的手能感受到那掌心的温热，带着她穿过人潮人海，在已不再满怀期待之时，在跌落谷底之际，这才能被称作拯救。

那一刻，艾柠内心确实充盈着感动，无数蝴蝶在胸中翻飞，仿佛一张口就会飞出来，这感觉好几年没有过了，她几乎已经可以确认了，但她又觉得应该再等等。

沈铎拉着艾柠走出舞池，走出酒吧，走到夜色阑珊的街上，还是没有松开手。

沈铎嗅到空气中弥漫着一些清新的味道，在那一瞬间，希望有个人长久陪伴的念头再次袭来，他又感受到了春意，看到空了的虾酱瓶。这一次，他没有急忙把这些画面撵走，而是想要稍微正视一下它们的存在，恰好手中就握着那温度，他慢下脚步侧过头去看那春意。

艾柠的侧脸上落了一缕乱掉的头发，在夜风中微微地拂动着。她似乎还没从刚才的窘境中缓过神来，就那么木讷地跟着他走，不迎合也不抗争，那样子像极了一个无助的小女孩儿，在森林里迷了路，沈铎就是那光，有方向，能取暖，可以穿透迷雾。她除了跟着这光，别无选择。

沈铎在艾柠的面容里捕捉到了安心，这安心也传达给了自己，他觉得自己似乎被什么打动了，胸腔里来回荡漾着一种柔情，是因那种完全的信任，还是因这完全的信任生出的心软？他揣度不了那么多，他只是想带她回家，这不包含任何过多的解读和欲望，他脑子里最鲜明的画面不是床，而是沙发，两个人可以相互依偎着，看电视，不用说话。

“你愿意和我回家吗？”沈铎没想到自己会问得这么直白，他其实有一百种方法能把艾柠带回家的，他想要及时更正，用一种更加委婉或是技巧型的方式询问，或者根本不用说，只要拉着她的手不松开就够了。但一切都还没来得及，他便听到了艾柠那怯生生的“好的”。

沈铎也被那句“好的”惊了一下，没想到她回答得如此干脆，她真的听懂他的话了吗？他不是兴奋而是犹疑。

“我家可不近。”他这是在确认，也给了艾柠挽回的机会，他不知这晚为何会这样，自己被拱到了一个道德的高点，他竟有一丝希望艾柠能做出一些否定的回答。

“多远都去。”艾柠眼神中有了坚决，而沈铎被这话定住了脚步，侧过身子很深邃地看着她，在她的眼中似乎看到“爱情”这个久远的词，他潜意识里是想要往后退的，可没来由地竟站稳了脚跟。

“我去叫车。”沈铎松开艾柠的手，到两步远的马路边拦车。

艾柠盯着沈铎的背影看，他在街灯下有种不可捉摸的神秘力量，不急也不慌，不兴奋也不激动，似乎一切都在他的掌控之中，于是艾柠突然不想让一切结束得那么快，她想要把这夜晚，或是这游戏，再拖长一点儿。

“你爱我吗？”艾柠突然开口问道。

沈铎听到这个问题愣了一下，他知道这种情况就是临门一脚了，他应该很轻易地就说出“爱”这个字，这种时刻他经历过太多回了，并不需要真心，假意就完全可以应付，但在这个夜晚，这个时刻，他突然说不出口了。

艾柠看着沈铎愣住的神情，心中扬起些恶作剧的兴奋：“我是说一丁点儿，一丁点儿爱总有吧？”

沈铎知道，他现在都用不着开口了，只要点点头就够了，自己就成功了，信用卡就能还清了，万事皆欢喜。可他就是没能点一下头，就是在那一刻怕了，他怕承认自己对她有哪怕一丁点儿的喜爱，他怕承认自己对任何人的爱。

假的可以轻易地说一万遍，但哪怕一点儿真心却永远不敢开口。

沈铎只是冲艾柠笑了笑，这笑让艾柠捉摸不透，她还想再玩下去，却看到沈铎的目光已经不再聚焦在自己身上，而是越过自己凝聚在了身后。

艾柠转过头，刚刚和沈铎聊得热络的那个长发女生刚好经过，她在经过艾柠身边的瞬间，嘴角似乎有一丝不易察觉的笑。艾柠恍然明白今夜这一切可能都只是一个局，沈铎设计好了让自己往里钻，那个长发女生可能是他的同伙，甚至那个不体面的男人也是，冷遇自然也是战术，只是自己太傻，又自认聪明，没有看透这一切。

可当这一切都看透后，艾柠并没有感到难过，而是愈加兴奋起来，之前她心里还有过一丝担忧，怕沈铎对自己动的是真情，怕自己的评判不够正确而害了他，但现在看来都已是多余。可心里还是有一些小失落，作为一个长得并不差的女人，竟没有勾起男人的一丝欢喜之意，在这一点上，她滋生出微凉的悲哀。

艾柠叹了口气，知道游戏该结束了。“算了，不勉强你了，我知道开口说爱是很难的事儿。”她掉头往马路对面走，背影里全都是“别追”。

当沈铎看到艾柠掉头走掉的时候，他第一个念头并不是追上去，而是松了一口气。他并不知道刚刚那一瞬艾柠脑子里跑过的千军万马，他只是知道自己这一晚的精心设计都失败了，败在了自己那一丁点儿的真心上。

他看着艾柠的背影，将穿过车水马龙的街道，如同穿过人世间所有汹涌的人潮，他看到她在马路面前的犹豫，红灯久久不切换，那场景里满是机会。他终于拔腿追了上去，却不是因着机会，也不是因着成败，更不是因着信用卡，他只是单纯地想要拉起她的手，把她安全地护送到街道的对面，或者更远的地方。他因这升起一种决绝的心，春风和秋月罢了，面条和虾酱也罢了，他只为这远古的冲动而想要流眼泪，他双眼模糊，他追。

沈铎追过马路，艾柠继续往前走，他喊艾柠的名字，但艾柠并不回头，他紧赶几步拉住艾柠：“艾柠你听我说。”

“什么都别说，今晚就这样吧，再见。”艾柠语调焦急又决绝，她试图甩开沈铎的手。

沈铎不松手：“今晚你可以不和我走，但我不想就这么分开，你听我解释。”

“你别解释了，你现在说什么我都不会信，我都会有怀疑，我们的交易结束了，你成功了，我会替你还信用卡的。”艾柠用力掰开沈铎的手，朝前面走去。

沈铎看着艾柠，他想说信用卡不重要，跟不跟他走也不重要，可显然艾柠已经不再给他机会了，爱情和人心都敏感，狼来了，狼来了，那爱情就如同狼一般，来得总不是时候。

沈铎在路边发了一会儿呆，艾柠的身影也就消失在了夜色里，他拦了辆出租车回家，关上门，隔绝喧嚣和诱惑，日子又如往常一般。他倒在床上，翻来覆去睡不着，为着空虚也为着别的，失眠的滋味不好受，特别是今夜。他从床头柜里翻出安眠药，最后两颗，温水吞服，关上灯，夜渐渐浓稠。

在沈铎睡去的时间里，这夜还不能结束。艾柠在抛下沈铎的街角，掏出手机发出了“确认”两个字。然后在路边点了一根烟，深深地吸了一口，她需要再喝几杯酒来恢复平静，于是朝另一家酒吧走去。

酒吧的门一开一合，艾柠便从愧疚中解脱出来，而夜色也渐渐稀薄。

在夜的稀薄和浓稠之间，两个穿着黑衣的男人撬开了沈铎的房门，有一个太饿，打开冰箱，空空荡荡。

“这人活得真可怜。”他感叹了一句。另一个翻了翻沈铎的钱包，里面只有一些零钱，他把零钱揣进兜里：“是够可怜的了。”两人相视一笑，朝床边走去。

Lost in the Memory

2.

如果爱情是公平的，需要对等交换的话，

那他无疑是死路一条了，他很久以前虽也对谁付出过真心，

但也知道没能换回来实意，往后就不必提了，

他已认为是自己把自己送进了死地，无人能救，他活该，他想要认命了。

白色，白得发亮。

沈铎缓缓地睁开眼睛，他先是打量了一下房间，天花板，四面墙，床单被子，床头的空花瓶，头顶的白炽灯。这不是自己的家，这是一间病房。自己怎么会在这儿？难道是安眠药服用过量了？

他犹豫着试图整理头绪，身体完整，头脑清晰，并没有什么不适，就像睡了一场酣畅的觉醒来，在一刹那有些恍惚。但他又并不敢确定自己是无恙的，小心翼翼地抬了抬胳膊，动了动脚趾，试着坐起来，掀开被子，把腿挪下床，站起来，不放肆地伸了一个懒腰，听到骨骼舒展的声响，像是春雨落地的铿锵。沈铎的脸上浮起了笑意，一颗心完整地放了下来。

沈铎走到窗前想给这间病房透进点儿阳光，拉开厚重的窗帘才发现并没有窗户，窗帘后面仍旧是一堵墙。他感觉有些奇怪，又走到门前试图开门，可门也打不开，他拍门呼喊：“有人吗？医生在吗？”声音像透不出去似的在房间里来回地撞。他有点儿慌了，觉得自己被囚禁了，拼命地去撞那扇门，又一下下地被挡下来，他仍旧不死心，用脚踹，力道还是被消解下来。“开门啊！外面有人吗？医生！护士！”他又在叫，声音还是透不过去，他在屋子里转了两圈，想找个砸门的工具，可屋子里空荡荡，他只握住了那个花瓶，朝门上砸过去，花瓶碎了，这声音倒是清脆，也终于唤起了一点儿其他的声音。

“咳！咳！”有男人清理喉咙的声音传来，这声音的来源像是门外，也像是头顶上，更像是从四面八方把房间包围。

“谁？”沈铎吓了一跳，四下寻找。“谁？”这第二声询问里有了希望的味道，“你在哪儿？快给我开门！”

“嗯……怎么和你说呢？”“声音”有些犯愁，“每次都要解释一遍，真麻烦。”“声音”自言自语。

“为什么把我关在病房里？”沈铎不知道看哪里，只得看着门外，他觉得声音只有从这里才能传进来。

“病房？好吧，你说病房就病房，在哪里都是你说了算，都是记忆在填空罢了。”“声音”接着说道，“首先你要接受一个事实，那就是你已经死了……”

“什么？我死了？你开什么玩笑？我活得好好的啊！”沈铎伸胳膊伸腿，捏自己的肉，全都是活生生的触感和疼痛。

“又来，每次都这样。”“声音”懒洋洋的，很不耐烦。

沈铎也被惹得生气：“什么又来？我本来就没死嘛！我活蹦乱跳的，你凭什么说我死了？我要是死了还能和你说话吗？……”

“闭嘴！”“声音”突然提高了音量，“能不能听我把话说完？你有没有礼貌？你们每次听到这里都大惊小怪的，好像我逗你们玩儿似的，我没有那个闲工夫，我上班也很累好不好？也想早点儿下班出去喝两杯……”

“你们？你说你们？就是不止我一个人被困在这里？”沈铎被“声音”弄得有些糊涂。

“现在就你一个了，之前那些有的被领走，有的消失了。”“声音”又清了清喉咙，“简单点儿和你说吧，就是你已经死了……”

“我没死啊！我明明活着啊！我还在和你说话啊！我要是死了那你算什么？”沈铎极力想证明自己还活着。

“不要打断我！”“声音”几乎是在嘶吼，“我说你死了你就是死了，现在你只是作为一个记忆副本存在，你只是一串代码，一堆数据，你没有肉体，没有嘴巴，你的声音只是通过模拟人声传送给我的，别他妈再说你活着了！”

沈铎惊讶地听着这一切，还没来得及反应，也着实不知该如何反应，这时像是杯子倒了的“咣当”声传来，伴着骂声“妈的”，白炽灯闪了两下，灭了，房间里一片黑暗。

“病房”外面，或者说真实的世界里，一间乱糟糟的办公室里，一个胖胖的工作人员松开握着的电脑麦克风，愤怒地一挥手碰倒了手边的咖啡杯。咖啡洒在了他的腿上，他骂了一声“妈的”，慌忙站起身来，不小心扯断了连接在电脑上的一根线，线的另一头连着桌子上一个像盒子一样的电子仪器，那上面的指示灯随之熄灭了。

胖胖的工作人员从一旁的桌子上拿到了纸抽，抽出几张擦裤子，一边擦一边嘀咕：“该死的记忆副本。”他又把桌子上的咖啡杯扶起，擦干净桌子，随手把纸团丢在地上，把刚才扯断的线又插上，桌子上像盒子一样的电子仪器的显示灯亮了起来。

“喂！喂！能听到吗？”工作人员握着电脑麦克风问道。

“病房”里沈铎躺在床上，白炽灯又亮了，他揉着眼睛，像是一觉刚醒来：“我怎么突然睡着了？”

“不是睡着了，我刚才不小心碰断了电源，你现在的肉体……不对，嗯，是外化形式是个机器，有存储功能，像块移动硬盘。”“声音”的语气平和了一些。

“你说什么呢？我搞不懂！”沈铎彻底被弄糊涂了。

“你不需要搞懂，你只需要知道就行了，你死了，你现在只是一个电子设备……”

沈铎打断“声音”的话：“你们这不会是什么真人秀吧？密室逃脱？”

“随便你怎么想，我也知道这一时很难接受，但这就是事实。”“声音”冷冰冰地说道。

“我真的死了？你没有骗我？”沈铎还是不能够完全相信。

“我没必要骗你，骗你能给我什么好处？还不是那点儿死工资。不信你随便想一个场景，然后试着让自己出现在那里。”“声音”又有些不耐烦。

沈铎将信将疑地闭上眼睛，想着死前去过酒吧的场景，眼睛一睁开，震耳的音乐瞬间响起。他环顾四周，自己就站在舞池里，周围人头攒动，他感觉疑惑又惊奇，一时间反应不过来。

声音若隐若现地传来，沈铎听不清，大声询问：“你在说什么？我听不见！”

一瞬间酒吧的灯光全都熄灭了。

实验室里，胖胖的工作人员拔掉了“盒子”的电源，长长地呼了一口气，片刻，他又插上了电源。

沈铎还是在“病房”里醒来，他揉着眼睛，声音传来：“这回你相信我说的话了吧？”

沈铎还是不太能相信，或者说不太能接受自己已经死亡这个事实，但又找不到什么反证的方法，这样一来也算是勉强接受了。但奇怪的是他并不悲伤，或许是因为他能感受到自己还存在着，也可能是能来回穿梭记忆的新奇劲儿支撑着他，总之，他觉得死亡这件事并没有想象中那么可怕。

“那个，请问一下，我是怎么死的？两粒安眠药也不至于吧？”沈铎最后的记忆是杯子放到床头柜上，有点儿靠近边缘，他还往里面推了推。

“这个世界上有千百万种死法，我怎么知道你是怎么死的？”“声音”又不耐烦了。

“可是我明明是在睡觉，一醒来就死了，这也太蹊跷了。”沈铎努力想要弄明白。

“哎呀，这种死法多好啊，比那些被癌症折磨啊，老得苟延残喘啊，被车撞、被刀捅的强多了，我觉得你够幸运的了。”这话的语气倒满是诚恳。沈铎知道从他这里得不到自己死亡的信息，便换了一个问题。

“你刚才说我只是一个记忆副本？我的记忆为什么会被复制？谁复制的？你又是谁？”

“慢慢来，我一个一个回答你。”“声音”比一开始多了些耐心，“我们是一家专门为人们制作记忆副本的公司，当然，前提是这个人必须死了，一般来说找我们给死去的人制作记忆副本的都是死者的亲人或者爱人，可能也包括仇人，这些人都是对死者的离去感到悲痛，舍不得，放不下，于是弄个副本出来，没事儿的时候聊聊天，也算是种慰藉。”

“我父母早就不在了，那是谁委托你们制作我的记忆副本？”沈铎更关心这个。

“总算说到点子上了。”“声音”却话锋一转，“可这也是我们想知道的。”

“你什么意思？”沈铎糊涂了。

“你的委托人找不到了，确切地说是没来取走你。”“声音”很是无奈。

“你们没留委托人信息吗？联系方式有没有？”沈铎急了，有种自己被抛弃的焦躁感。

“都是匿名委托的。”“声音”回答得也很干脆。

“那打款记录总该有吧？”

“只收现金，你的委托人付了一半儿，还欠一半儿。”

“你们提取副本一定需要我的大脑，那个人把我的大脑或是肉体从医院弄到你们这儿来，在医院一定会有记录的，你们去查查看。”沈铎在帮着分析，却冷静得像是在说另外一个人的事儿。

“嗯，你说得对，但没用，我们根本不用像你想的这么麻烦，委托人只要告诉提取部你的信息和尸体停留在哪家医院就行了，他们会自行去医院提取的，这其实很简单，疏通一下医生什么的，你懂的。”“声音”的语调里竟有几分得意。

“那就没有其他的办法了吗？如果真的没人来领取我，你们会怎么处理？”沈铎有些隐隐的不安。

“这我就不知道了，你是第一个出现这种情况的，但我估计啊，如果真的没有人来领取的话，我们只好拔掉你的电源，把你送进废品站销毁。”“声音”说得轻松，沈铎却听得阵阵恐惧，似乎已经能感受到被销毁时生硬的疼痛感。

“哦。”沈铎已经有些气馁了，且生出了一种命运被握在他人手中的失控感，虽只说了一个字，但语调里已是满满的无力。这无力任谁都能听出来。

“你们就没有一丁点儿的线索吗？”沈铎抱着最后一点儿希望问道。

“哦，线索还是有一点儿的，但这个线索对别人有用，对你可能就没什么用处了，你的委托人在委托单的姓名一栏里填的是‘最爱你的人’。你知道的，像你这种泡妞儿高手，阅人无数，随便去个酒吧，就能领人回家，我看过你们培训班的传单，你的照片印在上面，还挺帅的……”

沈铎此时已经听不进去“声音”的话，他一心思索着最爱自己的人到底是谁，这是他唯一的线索和生存下去的希望，可他又千真万确地不知道这世界上到底有谁爱着自己，且是最爱的程度。如果爱情是公平的，需要对等交换的话，那他无疑是死路一条了，他很久以前虽也对谁付出过真心，但也知道没能换回来实意，往后就不必提了，他已认为是自己把自己送进了死地，无人能救，他活该，他想要认命了。

直到听到那句“随便去个酒吧，就能领人回家”他才猛然醒悟。

“我找到最爱我的人了，一定是她！她上过我的课，她让我追她，说可以帮我还信用卡账单，我们当时在酒吧喝酒，她马上要和我回家了，却问我爱不爱她，一定是她，就是她！”沈铎兴奋得语无伦次，“你帮我去找到她，她叫艾柠，电话号码我还记得，哎？你叫什么名字？”

“陈卓。”“声音”回答道，“你确定吗？这么快？这么迅速？我跑出去一趟也挺累的，你要我可没什么好下场！”

“没错，就是她，拜托你了陈卓，你快去找她，马上。”沈铎在“病房”里来回地转圈，他觉得有十成的把握，甚而都为自己握紧了双拳。

办公室里，陈卓将信将疑地记下了电话号码，揣在口袋里出了门。

下午3点钟的太阳把陈卓的影子拉长了一些，让影子看上去没那么胖。他坐在一家咖啡馆室外的座位上，拿着大杯的冰可乐四下张望。他刚在隔壁快餐店吃了个汉堡，在此之前又和艾柠通了电话，电话里他并没有透露自己的身份，怕艾柠躲起来不见他，他只说自己替一个朋友送件东西给艾柠，艾柠有些疑惑，但还是答应了见面。

艾柠是晚了半个小时才到的，两人一碰面，都愣住了，互相觉得眼熟。

“怎么是你？”艾柠先开口。

“我们好像在哪儿见过？”陈卓也惊讶。

“这话听起来像是老套的泡妞儿招数，但我们确实见过，我们是同事，我是业务部的，在你楼上。”艾柠坐下来，看着陈卓手中的可乐，杯子大得可以遮住她的脸。

“哦，原来是这样啊，我刚来公司没多久，同事都没认全，也没想到会有人偷偷注意我……”陈卓有些羞涩地喝了一口可乐。

“哎哎哎，你别误会，我可没特意关注你，是那天坐电梯超重了，你明明是在最里边，可同事们硬是把你撵出去了，我就多看了你两眼。”艾柠急忙解释道。

“你是可怜我吗？”

“我是觉得这人做了什么，这么招人烦啊？”

“他们就是欺生。”陈卓一脸的气馁。

“没事儿，反正我就看看热闹，对了，你们部门现在有个人好像在搞什么帮助记忆副本找委托人的发明？你们这些搞技术的真是好笑，这怎么可能找得到。”艾柠说着兀自笑了笑，陈卓的脸色却更难看了，他说：“那个人就是我。”

艾柠有些尴尬地从包里掏出烟来抽，抽得有模有样，很多女人抽烟一看就很做作，但艾柠没有，她抽得合理又认真。她吐出一口烟，转移话题说：“对了，谁让你帮着送东西啊？”

“对不起，我骗了你。”陈卓回答道，但他没有给艾柠对这句话多想的空当，紧接着便简单又明晰地把事情概括了一遍。艾柠听完皱了皱眉头：“没想到你的发明这么快就用上了。”

“还没用呢，他就想到你了。”陈卓这话又有些怨气。

“他找错人了。”艾柠手中的烟已经烧到头了，她把烟蒂掐灭在烟灰缸里。

“啊？可是他很确定啊！”陈卓惊讶，这惊讶里不无欢喜。

“男人啊，他们总是特别自大，觉得人家看他们两眼就是想和他们上床，再多看两眼就是想和他们过一辈子，替他们生孩子。”艾柠看了陈卓一眼，“Sorry，我不是说你，你回去告诉沈铎，我不爱他，他的那些招数，冷遇啊，回马枪啊什么的，确实让我的心里有了些起伏，但还算不上爱。”

“哦，那拜拜。”陈卓说完急着就要走。

“哎？你们技术部所有委托人的资料都有吗？”艾柠突然问道。

“有啊，但都是取走的时候才会给我们，为了往后的维修和回访之类的。”陈卓停下脚步回答。

“哦，我知道了。”艾柠说着拿出一本书来看，也没说再见，陈卓却也懂了，摇晃着身子离开，背影里满是焦急。

陈卓走后，艾柠又看了一会儿书，突然迅速地把书合上，仔细盯着作者的名字，心中起了波澜，然后她颤抖着又点了一根烟。

陈卓回到办公室里，把情况和沈铎讲了一遍，沈铎短暂的失落后竟也有了些许类似放弃的释然：“也对，才认识几天，她又识破了我的招数，怎么会爱我呢？”

“是啊，所以男人不能太自大，别以为人家多看你两眼就是想和你上床。”陈卓在复述艾柠的话，“再说你都已经死了。”

“你也不用时时刻刻都提醒我已经死了这件事儿。”沈铎这下倒是对死这件事儿感到了懊丧。

“我说事实怎么啦？现在还不是计较的时候，既然不是艾柠，那你再想想还有没有别人。”陈卓提醒他。

“那我可得好好想想，这也太难了吧……”沈铎又灰心地一屁股坐在了床上，说是想想其他人，可脑子里怎么也绕不过艾柠，她所有的神情还都历历在目，他需要承认自己对她是有过真心的，只是还没来得及发酵，或者就只差那么一点儿，艾柠就会爱上他，他还是对自己有信心的。

陈卓看不到沈铎的心境，他接话道："其实也不太难，别忘了你可以在记忆中来回穿梭啊，当你靠近最爱自己的那个人时，你会听到一种很特殊的心跳声，'怦怦、怦怦'，这是爱的心跳，我前些天刚研究出来的，取名'真爱之声'，厉害吧？你是第一个试用者，开心吗？"陈卓的语气有些得意。

"你是拿我们记忆副本当游戏玩儿啊？还设定？呸！还'真爱之声'，听着就够low（低端）的！"沈铎把火气撒在了陈卓身上，这让他心里能够好受点儿。

"老兄，这是在帮你好不好？别不识好歹，按公司本来的规定，只有委托人交了尾款后记忆副本才能被唤醒的。"陈卓语气里有种邀功请赏的意思。

"那你为什么要唤醒我？"但沈铎只抓住了疑问。

"这个嘛，有两个原因，一个是我想试试我新发明出来的'真爱之声'，和领导求了好多遍情，领导一直不同意，说用不着，可这时你这个没人领的记忆副本就冒出来了，委托人的信息还是'最爱你的人’，正好匹配，你说这是不是天意？然后领导也就答应让我试试了。至于第二个原因嘛……”

陈卓语调突然一转：“哎，你能帮我一个忙吗？”

“帮什么忙？”沈铎没好气地问道，“一个被你用作试验的记忆副本能帮你这个大程序员什么忙？”沈铎故意把“试验”两个字说得很重。

“嗯……这个……就是回马枪啊，冷遇啊什么的……”陈卓有些不好意思。

“教你泡妞儿啊？说得吞吞吐吐的，我没见过你的样子都知道你是个 loser（失败者）。”说到自己的强项，沈铎一下子来了气势。

陈卓竟没有反驳，这说明他对自己还是有个理性的认知，但听到别人如此直白地评价自己，他在那一刻还是有些低落的。

“见过我的样子你还是会这么说。”陈卓的语气里没有自暴自弃的味道，诚恳得一览无余，这也让沈铎没办法继续嘲讽下去，这很像武术中的招数，迎接打过来的一拳，最好的方式不是阻挡，而是借力用力，顺水推舟。

“呃……听你的口气你还算个老实人，那你和我说说你上次泡妞儿失败的情况。”沈铎也用套路，移花接木，把话题岔开。

“那还是大学的时候……”陈卓刚开口就被沈铎打断：“你说的大

学如果是一年前，我还能勉强原谅你。”

“比一年多一点儿。”

“一年半？”

“五年。”

“你这五年是出家了还是进监狱了？”沈铎完全不能理解五年不泡妞儿的世界。

“我在好好生活。”陈卓有些不想讲了，“你到底听不听啊？”

“听，当然听了，你说吧。”沈铎倒在床上，双手交叉在脑后，懒洋洋地看着天花板。

陈卓清了清嗓子：“那时我喜欢上学校里一个女生，就想着给她送个早饭，于是我早晨6点爬起来买了早饭到她宿舍楼下，可是她宿舍有铁栅栏，锁着进不去，我就给她打电话，她还没睡醒，一身的起床气，揉着头发隔着栅栏接过我的早餐，看了看又一把扔了出来……”

“你买了什么早餐？”沈铎很好奇。

“10个馒头。”陈卓回答。

“什么？”

“还有一袋榨菜。”陈卓自己都说不下去了。

“×！活该啊你！有送馒头和榨菜当早餐的吗？还隔着铁栅栏，

还 10 个，你以为你去探监啊！”沈铎其实是想忍住不笑的，他用枕头埋住脸，终究还是没忍住，那哈哈哈哈的笑声，像一股风般顺着喇叭飘了出来，带着电音，带着律动。陈卓一听就如被念了紧箍咒般受不了了，他往后退了三尺，调小了音量。

等沈铎笑够了，陈卓才又继续把故事讲完：“我其实不想买馒头的，我是想买油条的，但那天校门口那家油条店没开门，而油条店隔壁的馒头店里的馒头也快卖光了，只剩下 10 个，老板对我说，同学把馒头买走吧，我送你一袋榨菜。可我还是不想买，他就说，同学你买吧，卖光了我就可以去医院看我老伴了，我给她熬了小米粥。他这么一说，我才想起来，那天没看到他老伴，那个戴眼镜的老太太。于是我和他聊了聊老太太的病情，他把 10 个馒头装在袋子里，还一个劲儿地谢我。”

陈卓的话停了，空气中只剩下些杂音，沈铎心里的笑意也散了，有很古老的情感在荡漾。那一刻沈铎很想看一看窗外的节气，可没有窗户，不然他肯定能看到一些善良的花瓣在飘落，如雪一样。

“我答应你。”陈卓听到了这么一句没头没脑的话，可就算他再笨，转个弯儿也能明白过来。

“那我该怎么做？或者我能为你做点儿什么？”陈卓转了一圈椅子，耳机线缠在了身上，又急忙反转回来。

沈铎本来没想过提要求的，但不能有便宜不占。他思索了一下后问道：“如果我一直找不到委托人，我还剩多少时间？”

陈卓回答：“一周，领导只给了我一周时间。”

沈铎说：“一周不行，我要一个月。”

陈卓有些为难。

“一周你什么都学不会的。”沈铎点中要害。

陈卓咬了咬手指答应了下来。

“成交！”

Lost in the Memory

3.

他一步一步向后退着走路，抬头去看那夜空，

他在那时清晰地意识到自己是在和这个世界正常的运转背离，

就算能在记忆里无限制地穿梭，但他已经被抛下，

时间在往前走，万物在向上拔节，只有自己，一次次地往回忆里退。

书上说，记忆的基本过程也可简单地分成“记”和“忆”的过程，“记”包括识记、保持；“忆”包括回忆和再认。

沈铎现在要做的就是再认。他首先回到了大学时代，那时他爱着一个美术系的女生，那个女生总是穿着一件白色的裙子背着画板走过他的窗前，如同所有午后飘过头顶的云，带起一缕缕的忧愁。沈铎猜她一定不是学油画的，否则裙子上为何没有染上过油彩，又为何整个人都纯净得让人不忍触碰？

他以前总是偷偷跟踪女生到画室，却发现她坐在画室里什么都不画，只是靠着窗子削铅笔，削得极其认真、极其做作，如果换作现在，沈铎一定能立刻嗅到她周身散发出的“绿茶”气息。但那时的沈铎还不能明辨，他还没有如今猎犬般的嗅觉，他只是逆着光，看着风拂过她的头发，便觉得这就是女神了，这就是青春里最美的画面，四处洋溢着慵懒的荷尔蒙，没有什么可以取代。

沈铎站在通往画室的路上，记忆里的一切竟是如此清晰，一草一木、一砖一瓦都散发着青涩的味道，所有的感觉都汹涌地扑回来。他似乎又变回了曾经那个情窦初开的男生，像狗一样追随着女神的臊味儿匍匐前进。

女生背着画板远远走来，走得极慢，像升格镜头，一步一晃都在勾引人。沈铎还是没出息地心脏狂跳，“怦怦、怦怦”，他觉得这声音吵得他没脸见人，一个箭步躲进了草丛里，蹲下身子看着女生的裙摆和细嫩的脚踝从眼前划过，“怦怦、怦怦”的心跳声更加强烈了，简直是锣鼓齐鸣。沈铎猛地意识到，这并不是自己的心跳声，而是“真爱之声”。

沈铎欣喜若狂，没想到一击即中，他克制住自己的狂喜，从草丛里钻出来，悄悄尾随女生，想着找一个人少的地方问问她，为什么爱自己啊？我们不是没有说过话吗？我哪一点吸引了你？当我偷偷在窗前望着你的时候，你是不是也回望过我？我是不是也是你青春里美好又特别的存在？

如果她点头，如果她这么深爱着自己，肯定也不会再端着架子，亲亲、推倒这种事情也就顺理成章了……沈铎想着想着都快有生理反应了，觉得做个记忆副本也挺好的，不但能自由穿梭，还能弥补遗憾，关键是触感和感触都和活着时一模一样，还不用负责任，也不怕女生黏着不放，简直就是个理想国。

沈铎一边胡思乱想着，一边跟着女生来到了画室门前，刚想要拍一下她的肩膀，然后摆出一个酷一点儿迷人一点儿的姿势，说“你好”或是“hello”（你好），却突然发觉气氛有些异常。这异常来自耳膜，那“怦怦、怦怦”的敲打声消失了，消失得突然且毫无防备，世界一下子格外安静，安静得不真实，像是一瞬间出现的幻觉，高处不胜寒的万籁俱寂。

沈铎把伸出了一半儿的手收了回来，看着女生的背影随着画室的门一开一关不见了，他才忽然醒悟，女生并不是最爱自己的人。他被巨大的失落感侵袭，像是从海水里被捞出来丢进了沙漠，水分的迅速蒸发让他感觉有点儿冷，也有点儿难过。

沈铎回到“病房”里，倒在床上懒得动，却隐约听到陈卓在哼歌。

“喂！喂！遇到什么开心事儿啦？”沈铎冲着天花板喊道。

办公室里，陈卓的桌子上，喇叭里突然发出的声音吓了陈卓一跳。他放下手中的文件，很神秘地冲着话筒小声道：“我下班后要去约会。”语气中有掩饰不住的小兴奋。

“哦，约会啊，怎么样？有把握吗？”沈铎懒洋洋地问道。

“把握？什么把握？”陈卓不懂。

“就是上床的把握啊！笨死了。”沈铎语气有些厌烦。

“她能答应出来和我吃晚饭我已经很开心了，我约了好久了，不敢想太多的。”陈卓说得老老实实。

“不敢想太多就是已经想过喽？她能答应出来吃晚饭，就已经成功了一半儿了，加油，看好你哦！”沈铎说得心不在焉。

“说实话我挺紧张的，见到她我都不知道该说什么，你教我两招儿呗。”陈卓老实地坐下，拿出笔准备做笔记。

“女生要是对你有兴趣，你说什么她都喜欢听，反之……”

沈铎话还没说完，陈卓就打断了：“那怎样才能让她对我有兴趣？”

“这个嘛，比较复杂，差不多需要五堂课才能讲完……”

陈卓又打断了沈铎的话：“先给我讲一下重点，我没有那么多时间了。”陈卓看了一下手表，距离下班还有10分钟，距离约会还有2小时。

“重中之重当然是形象啦，看你总打断我说话，就知道长得不怎么样！”沈铎纯粹是为了发泄不满，但也包含了几分推测。

“我觉得自己长得还可以，就是有点儿胖。”陈卓心虚地说道，又侧过脸看了看玻璃门上的自己，改口道：“比较胖。”

“其实呢，胖瘦帅丑都不是最重要的，被女人认为有型才是重中之重，即使你不帅气，你也仍然可以被女人认为有型，因为女人认为的有型和你是否帅气完全没有关系，所以你要做的是为自己设计一个合适的形象，至少是精心打扮吧，你认为自己的形象合适吗？”说到泡妞儿，沈铎恢复了老师的本色，喋喋不休。

“我觉得挺合适的。”陈卓又照了照玻璃门，今天他特意穿了灰色的西服，还扎了领带。

“不要自己觉得，去问问你身边的人。”如果“病房”里有指甲刀，沈铎真想一边修指甲一边和陈卓说话。

陈卓起身推门出去，看到艾柠正好走过来：“嘿，艾柠，好巧！”

“巧什么巧啊！楼上洗手间坏了，我下来用一下洗手间。”艾柠说着往洗手间方向走。

“那个，你觉得我今天的打扮怎么样？”陈卓叫住艾柠。

艾柠奇怪地上下打量了一番陈卓，露出怜悯的表情，但后来变成了一个安慰的微笑：“很好啊，很适合你。”

陈卓很是满足，刚要说谢谢，艾柠却补充道：“但是你穿成这样我是不会和你约会的，你知道的，我比较喜欢衣服合体一点儿，你的西服……太大。”艾柠做了一个很大的手势，不等陈卓反应便转身离开。

陈卓低头打量了一下衣服，失落地回到座位上，沈铎听到声音说道：“怎么样？肯定没得到赞赏吧？”

“你怎么什么都知道，那我要怎么办？”陈卓完全是求救的语气，

“第一次约会，不想搞砸，帮帮我。”

“这个嘛……如果我能看到你就好了。”沈铎在“病房”里来回踱着步子，“这样吧，你去万树街131号，找一个叫安娜的造型师，提我的名字，他会替你搞定一切的。”

“这个安娜不会也是你曾经泡过的妞儿吧？”陈卓边说边记下地址。

“安娜是个男的。”沈铎不耐烦地回答道。

“哦。”陈卓认真地记下。“可是听起来真像女的。”陈卓忍不住还是说了一句。

陈卓坐在万树街131号的椅子上，终于有一面干净的镜子能看清自己了，油光满面，头发打结，胡子拉碴。他皱了皱眉头，确认就算自己是女的也不会爱上这样的男人，他的肩膀开始塌陷，缩在椅子里，自信心无力强撑，一下子溃散得稀里哗啦，他从来没想过会有这么一个时刻，自己击败了自己。

镜子里出现了另一个男人，身材魁梧，胳膊上都是文身，剃着光头，脸上还有刀疤。他摇晃着站在了陈卓的身后，按着手指的关节，发出“咔咔”的声响。

“你是……”陈卓有些害怕。

“安娜。”光头男坦然地说道。

陈卓想笑，但透过镜子看到这个叫安娜的男人正盯着自己看，似乎只要他敢笑，安娜就会扭断他的脖子，陈卓生生把笑容憋了回去：“你好，是沈铎推荐我来的。”

“嗯？他不是死了吗？”安娜疑惑地问道，表情全都是：“你敢耍我？”

陈卓突然意识到安娜的脑容量应该听不懂记忆副本的解释，便说谎道：“是死之前推荐我来的。”

“哦，还算他有良心，他曾经抢走了我的女朋友，但我也要感谢他，让我找到了真爱。”安娜说着叫了一个女生出来给陈卓干洗头发，一个大胸的女生手里拿着洗发水不情愿地走过来，站在陈卓身后，却先和安娜接了一个漫长的吻。

“这就是你的新女朋友吧？”陈卓讨好地问道。

“她是我妹妹。”安娜说着双手下意识地按了按陈卓的肩膀，却立马又嫌弃地拿开了，边拍着手边往里面走。里屋走出来一个同样光头的男人，安娜冲他说道：“亲爱的，给我找两套这个死胖子能穿的衣服，快点儿，别他妈磨磨蹭蹭的！”

陈卓和安娜妹妹的目光在镜子里对视了一下，陈卓硬扯出一个尴尬的微笑，安娜妹妹翻了一个白眼：“我是不会和你上床的。”然后利落地点了一根烟。

陈卓在这一刻是有点儿想逃走的，但安娜妹妹已经把洗发水挤在了他的头上，一只手随意地揉着他的头发，另一只手夹着烟，时不时地抽两口，陈卓的眼睛始终不敢离开她夹着烟的那只手，怕她一时出错，把烟揉在自己头上。

他在心里不停地埋怨着沈铎给自己推荐的到底是什么乱七八糟的地方，也不是没有过怀疑沈铎故意在玩儿自己，可这些邪恶的小情绪都没来得及挥发，他所担心的一切也没有发生，他在胡思乱想、心不在焉和提心吊胆时，时间已不经意地滑过，他已看到了结果，也否定了之前的猜疑，感觉很满意。

焕然一新的陈卓也没在店里多待，感谢了安娜和他妹妹后也着实付了一笔数额不小的钱，他隐隐地觉得心疼，可又认为这钱花得值。

他走在街上，觉得天色都明亮了起来，万物葱茏，风景鲜艳，他脚步轻快，身子轻盈，想旋转，想跳舞，如同恋爱已经开始的美妙。他路过商场，站在玻璃橱窗前，夕阳投射过来金黄的光，他已有些认不出玻璃里映出的自己，背头、休闲裤、格子衫，十足的英伦范儿。他把一缕耷拉下来的头发捋上去，他需要再次确认，又在橱窗前转了几下，后知后觉地感叹着原来这就叫作有型，自己都快爱上自己了。他又想了一些该去办张健身卡减减肥之类的事情后才猛然惊觉，看了一眼时间，慌忙地沿着街道奔跑起来。

那因奔跑带动起来的空气，都是愉悦的味道。

迟到了两分钟，不算迟到，可以归进手表误差的范畴内。陈卓在餐厅门前深呼吸了几下，把刚才奔跑的喘息抚平，又从面前经过的服务生托盘里拿了张餐巾纸，把脸颊和脖子上的汗擦掉，看了两眼能反光的物体，才算找回信心。

在走向预订餐桌的一小段距离里，他想着一定要幽默地开场，可又没想好该怎么开场，这让他再次紧张了起来。但还好，还没等他的紧张全面铺展开，他便看到预订好的餐桌边空无一人。在那一瞬间他有些失落，却也暗暗地松了一口气。

他坐下，要了一杯水，慢慢地喝着，这是等待的姿态。等待可以让一个人越来越兴奋，越来越紧张，越来越焦急，越来越失望，陈卓在经历了这么一遭情绪的转变后，剩下的只有疑惑了。问号一直在心里晃，为什么不来？为什么没来？主观的、客观的原因通通都想了一遍，算来算去都不是好消息，他都有些绝望了。

餐厅也不给他时间再等了，收银员在吧台里把零钱拨弄得哗啦哗啦响，他这才想起来该打个电话询问一下。他拨通了手机，对方很久才接，像是在隔空展示犹豫，却只有一句："对不起，我忘了。"声音是不容责怪的疲惫。他关心地问："怎么了？没事儿吧？"是真的关心，不是转个弯儿质问。

“没事儿的，我累了，先睡了，晚安。”对方说了晚安，陈卓都出了餐厅站在大街上了还觉得温暖，这两个字从她口中说出来，似乎就能闻到刚在阳光下晒过的被子的味道，似乎一整个晚上的等待也都是应该的，此刻饿着肚子站在清冷的街头也是命运的眷顾。

陈卓没有仔细琢磨这心境转变里自己的卑微，正如同在对方那里不曾有过的尊贵，没有对比便不会有的失落。于是这一晚他最后一丁点儿遗憾，只剩下她没看到自己这么精心的打扮，真是可惜了。陈卓心里轻微埋怨着，在街上散漫地走，路过满街的热闹，路过夜里的凉，路过街边的小吃店，买了一杯热巧克力，捧在手中有了暖意，落到胃里有了真实的满足感，找对方向，朝家走去。

沈铎也没有闲着，他穿梭回刚毕业的时间点，那时他在一家出版社做销售，年中公司开总结会，聚餐过后大家又跑去 KTV 唱歌喝酒。沈铎喝得已经有些晕了，抱着靠枕听一个女人在唱歌，那个女人是部门经理的情人，很应景地在唱一首情歌：“真的想寂寞的时候有个伴，日子再忙也有人一起吃早餐……”一群知情的人在底下鬼鬼祟祟地笑，可那个女人却越唱越动情，唱到最后号啕大哭，扔下麦克风一头扎进部门经理的怀里，部门经理抬着两只手不知该往哪儿放，说：

“哎？我可没碰你啊！你快起来，我知道你最近工作压力大，但别哭啊！”他尽量想撇清二人的关系，可女人就是不起来，一时间气氛有些尴尬。

这时一个短发的姑娘冲到了前面，拿起麦克风自我介绍，说是编辑部的实习生，要敬各位前辈一杯。平时个个周吴郑王的前辈们来了兴致，说这小姑娘真懂事儿，以后肯定混得不差，纷纷和她喝酒，还借机摸摸她光滑的小脸蛋。

部门经理的情人不哭了，觉得风头被抢了，从经理怀里爬起来，端着酒杯也要和短发小姑娘喝，嘴上说着小姑娘好好干，以后肯定大有作为，心里想着的是撕烂你的脸，让你抢老娘风头。

短发小姑娘喝酒也算勇猛，一杯接一杯地往肚子里灌，都不犹豫一下，她说我最不喜欢矫情的人，哭个屁啊！起来 high（开心）！经理情人脸上挂不住，在她耳边小声说“high 你妈”，说完就走了。

短发姑娘没听清，追着问：“你说什么？”被关上的门挡了回来，挠着头尴尬地呵呵一笑，接着和大家碰杯。再一轮过后，她明显是醉了，都站不稳了，还拿着麦克风在嘶吼，唱什么“让我在雪地上撒点儿野”，沈铎一听这歌他会唱啊，就拿起另一个麦克风，和她一起唱。女生听到有人掺和进来了，更来了兴致，拉着沈铎边唱边跳，后来歌曲唱完了，她放舞曲在那儿蹦，像嗑了药似的，蹦得披头散发，把其他的同事都蹦走了，包厢里就剩下她和沈铎两个人。

沈铎说姑娘你也别蹦了，腿还要不要了？这么晚了，我送你回家吧。姑娘听不进去话，还在蹦，沈铎就把舞曲关了，姑娘的身体才安分下来，捋了捋蹦乱的头发，往点歌台那儿一坐，拿起麦克风也唱那首歌：“真的想寂寞的时候有个伴，日子再忙也有人一起吃早餐……”这姑娘唱着唱着也哭了，像是自言自语也像是说给沈铎听：“我失恋了，我一毕业就失恋了，这歌曲真他妈讨厌！”

沈铎看着哭得乱七八糟的姑娘，莫名地心动，他走过去扶着姑娘的肩膀，说别唱了，唱情歌疗不了伤的。姑娘边哭边点头，说我知道我知道我全他妈知道，可我就是难受。

沈铎把短发姑娘搀扶出KTV，准备送她回家，姑娘说她家就在附近，走路回去就行，挣脱开沈铎的胳膊，往前走了几步，东倒西歪的，又坐在了路边。沈铎看着她的背影，无奈地笑，走过去，说你别逞强了，他蹲下身子，短发姑娘就很自然地爬上他的背。

沈铎掂量了一下，不算沉也不算轻，姑娘笑嘻嘻地把脸颊往他的领口里埋，沈铎觉得痒，说你别乱动，姑娘却干呕了两下，沈铎说你别吐在我衣服上，我就这么一套好西服，姑娘说没事儿，我发工资赔你。沈铎笑着把姑娘的身体往上颠了颠，就听到那“怦怦”的“真爱之声”传来，他怕自己听错了，就停下脚步，声音仍旧在持续着，有节奏地叩打着他的耳膜。

“你叫什么名字？”沈铎需要更多信息，问得直白而突兀。

“嘻嘻。”姑娘在他背上发出孩子般的嬉笑，并不回答。

“我问你话呢！”沈铎以为她没听清。

“到家门口就告诉你。”姑娘把这当作游戏。

沈铎想着，真是傻，到家门口就由不得你了，既然找到了你，再和你顺便做些什么，也都是理所应当的，这感觉真好，就像是和前任又搞了次一夜情一样没有罪恶感。

“怦怦、怦怦”，声音随着步伐在减弱。

沈铎沉浸在幻想里，忽略了它的存在，只满眼笑意地看着路灯下夜晚昏黄。

路灯下，楼道口，姑娘在他背上睡着了。

“哎哎！到家了，几单元几楼啊？”沈铎晃着身体。

“醒醒！醒醒！再不醒我把你扔地上啦！”沈铎威胁道。

“唉，心真他妈大！怎么一点儿防范意识都没有呢！”沈铎有一丝恼怒，但随着这一丝恼怒蔓延开的是一瞬间的不适，怎么这么静，好熟悉的静，这静不属于深夜，不属于山谷，不属于缄默，不属于一个人的清晨。

沈铎明白了，他又搞错了，他缓缓地把姑娘从背上放下来，不去想什么责任，也不再有什么顾虑，他盯着姑娘，她在地上熟睡。

他一步一步向后退着走路，抬头去看那夜空，他在那时清晰地意识到自己是在和这个世界正常的运转背离，就算能在记忆里无限制地穿梭，但他已经被抛下，时间在往前走，万物在向上拔节，人们在寻找新的幸福，哪怕记忆里的人也都在前行，只有自己，一次次地往回忆里退。他没有未来，过去的再坏也已经是最好的。他终于捕捉到了作为记忆副本的一种悲哀，在这个空旷的凌晨，他燃起忧愁，他再一次迎接自己满心的失落，他有些怨、有些恨、有些愤怒，他甚至觉得是陈卓在耍自己。

Lost in the Memory

4.

雨水顺着他的头发、脸颊流淌，洗刷净所有欲望。

他看到一个女孩儿的背影在雨中颤抖着肩膀，

“真爱之声”在耳边再次响起，

“怦怦、怦怦”，那声音在召唤，如同使命，也如同福音。

“什么狗屁的‘真爱之声’！你是不是在耍我？你是不是有个显示器能直播我找人的过程？你这个偷窥狂！”

熬过一整个夜晚加大半个白天，沈铎才把这愤怒发泄出来，但时间并没能把这愤怒稀释，它在沈铎的胸中饱满地弥漫着。

“你说话啊！你倒是说话啊！你别假装没听见！你这一天死哪儿去啦？”“病房”里，沈铎继续歇斯底里地嘶吼着。

办公室里，陈卓还是昨天的打扮，艾柠又来上洗手间，从他身边经过，又退了回来，盯着他上下打量，目光里有了惊喜：“你这个样子约我的话……我还是会考虑一下的。”陈卓冲她微笑着，另一只手偷偷地把音响调成了静音。

艾柠离开后，陈卓把声音调回来，对着话筒道：“老兄，我出去办别的事儿了，你想象力不要太丰富，我不可能偷窥你的，记忆成像技术目前还在研发中……”

沈铎打断他："那'真爱之声'是不是也在内测中啊？要不怎么会动不动就失灵？"

"不会的，'真爱之声'已经是一个成熟的程序了，我们找了1000个人做过测试，面对喜欢的人时的心跳和面对普通人时确实不一样，你要相信数据。"陈卓用数据说话。

"别和我说数据，我不爱听，测试一万遍该出bug（漏洞）还是出bug，我就问你我这是什么情况，你好好和我解释一下！"沈铎渐渐平息了怒火，但还是需要弄清缘由。

陈卓思考了一下："嗯……你的耳朵没问题吧？生前耳鸣吗？你知道的，男人都这样，泡妞儿多了，肾虚什么的……"

"我的肾没问题，我的耳朵也没问题，我也的确听到了'真爱之声'，我不会搞错的。"沈铎说得信誓旦旦。

"哦，既然耳朵没出问题，那就是人出问题了。"陈卓的语调也满是确定。

"人出问题？"沈铎也犹疑了，"你是说我找错人了？"

"对，你再想想，这种事情经常发生。"陈卓说得像个过来人。

"哦，那你还能给我提供点儿别的帮助吗？"沈铎心情低落下来。

"这毕竟是你的记忆，我看不到的，帮不了你太多。"陈卓语调突然一转，"不过你还是能帮帮我的，我今天要重新约会，我决定带你去。"

“怎么带？”沈铎的情绪也跟着一转，又疑惑又期待。

“我自有办法，你先睡一下啊。”陈卓说着把“盒子”连接在电脑上的线拔掉，然后掏出手机打开一个程序，又按住“盒子”上的按钮，“盒子”和手机蓝牙连接上了，于是他又戴上蓝牙耳机，“喂喂，能听到吗？”

“能！”沈铎没好气地回答道，“麻烦你下回拔电源线的动作别那么快行吗？也给我个心理准备，一下子失去知觉就像是被人一枪给毙了似的，很吓人的！”沈铎抱怨道。

“我没拔电源线，我只是拔掉了电脑连接线，你这个‘身体’也就是这个‘盒子’是有续航功能的，最长可达 10 小时，但必须和电脑软件配套使用，离开了电脑软件你才会睡觉。”陈卓耐心又焦急地和沈铎解释。

“那你怎么带我走？带着电脑啊？笔记本也不沉，挺好的。”沈铎自问自答。

“当然不是啊！有移动端的，就是手机 App，厉害吧？”陈卓有些得意。

“那你也可以不用带我……我是说那个‘盒子’，只带着手机去就行啦？”沈铎一想到被带出去，眼前就出现老大娘挎着篮子买菜的画面，这从心理上多少有些接受不了。

“你这个科技盲，蓝牙的有效范围在200米以内。”陈卓把“盒子”装进了手提包内，左右观察了一下，鬼鬼祟祟地出了办公室。

“今天天气怎么样？”虽然自己所处的空间没有变，但想到自己此刻已经身处室外，沈铎还是有一些小兴奋。

“还行。”陈卓可没心思和他闲聊。

“什么叫还行啊？你能不能认真点儿？”沈铎抱怨。

“还行就是还行，不好不坏，有点儿蓝。”陈卓看了一眼天空回答，已是傍晚，天空在火烧云蔓延不到的地方，呈现出几近透明的蓝色。

“好想看一眼。”沈铎的话语里竟有了一丝忧愁。

“去回忆里看啊，又不是看不到。”陈卓理解不了沈铎的心思。

“不一样。”沈铎躺在“病床”上，看着天花板，希望那里能裂开一个豁口，哪怕一点点、一条缝都行，他想看一看这座城市，想闻一闻现在的空气，他发现自己竟深爱着也牵挂着这个不久前还厌倦的世界，只可惜，四季变换、日月更迭都不再与自己有关。

陈卓到达餐厅，他这次提前了10分钟，他喝了一口水后，对着蓝牙耳机小声询问：“我一会儿要怎么表现？”

沈铎从“病床”上坐起来，寻思了一下道：“一个男人吸引女人有六个要点，财富、权力、名声、忠诚、外貌、个性，前五个不是你短时间内可以改变和被了解的，虽然你已经打扮得够有型了，可还是不够，好在真正吸引女人的并不是她们在内心所想、所希望得到的东西，而是当她们和你在一起或者想到你时的感觉，这就是个性的魅力。”沈铎很专业地对陈卓的状况进行了分析。

“能具体点儿吗？我有点儿听不懂。”陈卓有些露怯。

“个性通常就是幽默、浪漫、智慧、创造力、神秘感等等，懂了吗？你要让女生快乐又充满不确定性，要出乎意料又满怀期待。”沈铎还算有耐心。

“哦，大概理解了，那我要怎么做？”陈卓倒是紧张又满怀期待了。

“按我说的做。”沈铎在“病房”里抱着胳膊，目光如炬，自信满满，“哎？其实我也可以不在‘病房’里待着，我可以去喝杯咖啡。”沈铎突然醒悟。

“随便你。”陈卓盯着餐厅门前，又喝了一口水，“不过别去太吵的地方。”

沈铎瞬间已穿梭到两年前，一家临街的咖啡馆，坐在门外悠闲地喝咖啡，他刚喝了一口咖啡，还没咽下去，就听到陈卓惊慌的声音：“来了！来了！”

餐厅里，一个戴着墨镜的长发女人缓缓地走来，陈卓冲她招手，女人想礼貌地笑，却只是费力地扬起嘴角，她坐在了陈卓的对面：

“对不起，你等很久了吧？”她摘下墨镜，神情有些疲惫。

沈铎跷着二郎腿，端着咖啡：“对她说：‘美女，你认错人了吧？’”

陈卓迟疑了一下，还是照说了：“美女，你认错人了吧？”

这回答让女人有些意外，她这才认真地打量起陈卓：“你今天的打扮和以前很不一样，但我还是能认出你来。”女人感觉轻松了一点儿。

“我差点儿都认不出你了。”陈卓照本宣科。

“怎么？”女人摸着脸颊，“我最近没睡好。”她有些担忧。

“你比以前更耐人寻味了。”陈卓对这话心里没底。

“耐人寻味？这个词很特别。”女人不知是好话还是坏话。

“简单点儿说，就是更漂亮了。”陈卓一颗心才放下。

女人笑了，把本来靠后的身体前倾，一只手支着桌子：“我怎么好像不认识你了，你才变得耐人寻味了好吗？”

“不接话，点菜，说出你的推荐和你忌口的东西。”沈铎支配着。

陈卓把菜单推向女人：“这家的炸小排很不错。”女人点着头：“那就来一份。”女人翻着菜单，陈卓努力想着自己到底有什么忌口的。

“蒜香扇贝来一份吧？”女人征询道。

“对不起，我今天不吃蒜。”陈卓口误，却没想到歪打正着，多出了另一层含意，女人聪明，容易多想，不清不楚地看了他一眼。陈卓却心惊肉跳，额头都出了汗，用餐巾纸擦起来。“这么大人了还挑食。”女人的口气是类似于娇惯的指责，没有厌烦，刚才疲惫的神情也消散了些许，陈卓这才松了一口气。

菜上来，服务生给两人各倒了一杯酒，两人碰杯，喝过后女人把杯子放到了餐桌靠近中间一点儿的位置，陈卓把杯子也放了过去，两个杯子距离很近。

“如果她没有把杯子挪开，就说明对你并不讨厌，可以有进一步的身体接触。”沈铎也在喝一杯酒，打量着街上来来往往的女人，不时吹一声口哨。

餐厅里，女人看了一眼那两个杯子，陈卓紧张地咽了咽口水，女人把目光又挪开了，继续吃菜：“这个炸小排真不错。”陈卓急忙称是，心里却始终绕不过“身体接触”这几个字，接下来一整顿饭都是这样，他的心思全都不在餐桌上，不在菜品上，不在口腹之欲上。

“你吃得很少。”女人随意地说道。

“在减肥。”这话陈卓倒是说得实在，又多想了一点儿，她在注意我，心里有雪落的声音，喝了一口酒，压了下去。

女人也端起酒杯，大口地干掉，喉咙中似乎能听到“咕咚”声，夏日井水般清爽。

他看着女人，女人刚巧也在看他，目光碰撞又避开，不像有千言万语，却也不像偶然相遇。

出了餐厅，夜晚来得刚好，女人冲陈卓道谢："今晚很开心。"意思是要走。

"既然这么开心，我们再走走吧。"陈卓不待女人做出回应，已经往她右边走去，女人犹豫，又像顺其自然地跟了过来，走得很慢，便没太留意，路上不平，脚下一滑，摔倒了，脚倒是没有受伤，只是胳膊擦破了。

陈卓把女人扶到街边的椅子上，看到旁边有一家药店，说你等等我，便跑过去买创可贴，嘴里念叨着真是倒霉。

"怎么了？"沈铎那边还是白天，他又换了一个地方，在海边晒着日光浴，一切明亮。

"她摔倒了，胳膊擦破了，我在买创可贴。"陈卓给营业员付钱。

"这是个机会！"沈铎的目光被一个比基尼辣妹吸引着，忍不住吹了个口哨。

"什么机会？"陈卓搞不懂。

"Serendipity！"

"什么？"陈卓没明白。

"那个电影没看过，《缘分天注定》？"沈铎说得懒洋洋。

"看过啊，怎么啦？"陈卓还是不懂。

“笨死你得了，学里面的桥段啊！”沈铎眯着眼睛，海面波光点点。

陈卓拿着创可贴回到街边的椅子上，抓着女人的胳膊，温柔又认真地把创可贴贴在了伤口处。但是贴完并没有放手，而是一直盯着她的胳膊看，女人开始时是好奇，接着猛然醒悟，想要把胳膊抽回来：“你不要看我的汗毛啦，有几根是很重。”

“大熊座。”陈卓没来由地说道。

“什么大熊座？”女人满脸的疑惑。

陈卓从包里拿出一支笔，在女人的胳膊上点了几个点，然后指着北方的天空道：“你胳膊上有大熊座。”

女人顺着陈卓的手指看着天空，又低下头看了看自己的胳膊，欣喜又温情的笑容落在脸上。

“很久没有认真看过星星了。”女人仰着头说道。

“人生有很多找不到方向的时刻，抬头看一看，找到它就找到了北方。”陈卓也看着天空很认真地说道，却泛起一种温暖的童真。

女人稍微低头看着他的侧脸，没来由地，心底竟升起一种宽厚的感觉。

女人想着，他应该是个善良的人。

陈卓想着，嘿，这招还真管用。

沈铎躺在沙滩椅上喝着果汁，透过太阳镜看着海的尽头铺过来一层乌云，本来晴好的天气霎时间就起风了，风辅佐着海浪，猛烈地拍打着岸边，沙滩上瞬间乱作一团，人们纷纷收起物品躲这场雨。

沈铎记忆中是没有这场雨的，所以惊讶，所以毫无防备，他站起身朝不远处的假日酒店走去。他看到前面有一个身材火辣的女人套着个巨大的游泳圈朝前走，风大，游泳圈阻力大，女人走得艰难，平坦的道路像是在登山，弓着身子，一步三晃，仿佛随时都要倒下来。

果然，沈铎没有白白担心，下一秒，女人就被风吹得节节后退，身体失去了控制，向后仰过去，眼看就要摔倒了。沈铎一个箭步冲过去，一只手扶住她的腰，一只手托着她已腾空的左腿，典型的英雄救美式，浮夸又实用。

女人一脸的惊吓还没平复，但也能让人看出她的美丽。她从沈铎怀里站起来，一边道谢一边想把游泳圈摘下来，可能有些紧张，游泳圈卡在了腋下，上下都动弹不得，这下完全尴尬了，她气急败坏的脸在沈铎看来全都是可爱。

“要不要我帮帮你？”沈铎站在一旁觉得不管不好。

女人又自己挣扎了几下，还是不行。“看，我总是能把事情搞砸。”女人生气自己搞得一团糟。

沈铎靠得更近。“凡事不要太急嘛。”他伸手把游泳圈的气门拔出，

“欲速则不达。”

游泳圈慢慢瘪下来，女人被解救，拿着那个瘪了的游泳圈有些羞赧又有些欣喜：“真是谢谢你。”

“怎么谢？”沈铎还没开口，雨就落了下来，噼里啪啦地砸在身上，两人把手遮在头顶朝前跑去，到了酒店的门廊下，身上全都湿了，但还好穿的都是泳衣，雨水只能顺着皮肤往下滑。沈铎侧身看着女人起伏的胸部，平坦的小腹上停着水滴，像是浸过油的雨布，他费了好大力气，才勉强抑制住下咽的口水。

女生侧过头看沈铎，看着他坚实的胸膛，也抑制住不让口水下咽，只开口说这雨真是突然。沈铎说夏天嘛，就这样。

看着还有很多人在雨中慌乱地奔跑，沈铎想笑，却猛然听到了“真爱之声”。他侧过身子看女人，女人也刚好在看他，他在女人眼中看到了欲望，却只想知道她的名字，刚要开口问，女人却说到我房间里洗个澡吧。不是询问，是有把握，说完自己就先转身。沈铎木讷地跟着，心思却全在“是不是她”的疑惑中，走了几步，声音还在，这回应该确定了吧？到了房门前，声音还在，该肯定了吧？

进了门，声音却微弱了，女人一关门就吻上了他的嘴，激烈地，饥渴地，声音却消失了。沈铎猛地反应过来，一把推开女人，开门出去，却看到走廊里空空荡荡的。女人追出来，沈铎却往外跑，又跑回门廊下，跑回沙滩上，跑回大雨中，雨水顺着他的头发、脸颊流淌，洗刷净所有欲望。他看到一个女孩儿的背影在雨中颤抖着肩膀，“真爱之声”在耳边再次响起，“怦怦、怦怦”，那声音在召唤，如同使命，也如同福音。沈铎朝女孩儿跑过去，越来越近，在她身后站住，只有两步远。“哎！”沈铎喊了一声，声音穿过雨幕，带着杂音的响亮与激动。

女孩儿停下来，停顿了两秒才缓缓地转过身。

“真爱之声”没有消失，“怦怦、怦怦”，沈铎的心脏快要跳出喉咙。

就差一个转身了，只剩90度了，万千记忆的追寻，算是到了尽头，就要看到女生的脸了，似乎已经看到眉眼了，世界却突然黑暗下来，像是有人拉断了电闸。“啪”的一声，什么都没有了。

昏黄的路灯下，陈卓和女人的背影渐行渐远，两人的影子被拉长又缩短，隐约的笑声和话语在上空盘旋。他们身后200米处的一把椅子上，在黑夜中隐约能看清，一个皮包孤独地躺在上面。

陈卓和女人边走边轻松地交谈，他今晚似乎一下子找到了幽默的开关，连枯燥的工作话题都能说得妙语连珠。“我的读书历程是这样的，X语言入门，X语言应用实践，X语言高阶编程，X语言的科学与艺术，编程之美，编程之道，编程之禅。”他停顿了一下，“最后是颈椎病康复指南。”

女人笑起来，不管听没听懂，也不管是不是真心的，都让他备受鼓舞，他想锦上添花：“你知道程序员最讨厌康熙的哪个儿子吗？”

“不知道。”女人摇了摇头，不管是不是真诚的，不管是不是真想知道答案，但在陈卓眼里，她就是满怀期待。

“是胤禩。”陈卓说完看着女人一脸的茫然，进一步解释道，“因为他是八阿哥啊！”

“八阿哥怎么了？”女人还是不懂，透出一种真实可爱的笨。

“八阿哥，bug。”陈卓的表情动作都很夸张。

“什么？ bag（包）？”女人没听清。

“不是，是 bug 不是 bag，你们女人总是对包敏感。”陈卓说完这句自认为机智的俏皮话，突然意识到有些不对劲儿，包？对了，自己的皮包呢？他抬起双手，又看向女人的双手，女人对他这突如其来的紧张感到不解。

“我的包呢？”陈卓是在问自己。

“你的包……”女人才反应过来，转着身找。

“坏了坏了，完了完了，千万不要丢，公司有规定不能带出来的……”陈卓嘀咕着，整个人完全慌了神，抛下女人独自往回走。

“你别急，肯定能找到的……”女人跟在身后试图安慰。

“你懂什么?！能不急吗?你知道包里有什么吗?！”他冲女人吼道，嘴里还在嘀咕着，“坏了坏了，上帝保佑。”

女人被吼之后，仍旧跟随了一段距离，三五步时想着他可能真的着急吧。10步后想着跟我吼什么啊，你的包丢了又不是我的错。再多走几步，女人就感到深深的失望了，陈卓吼叫的嘴脸一直在她脑子里回放，一遍一遍地挑逗着她的委屈，她突然就停下了脚步想要转身离开，可残存的善良让她有些犹豫，权衡之间选择了驻足远望，她看着远处的那把长椅，看着长椅边的陈卓抱起了皮包，紧紧地搂在怀里，像是搂着一个孩子，她心安又失落地走开了。

陈卓打开包看到“盒子”还在，长舒了一口气。“吓死我了。”他回身说道，以为女人还在，却才发觉四下无人。他找了一圈，长长的街道望回去，没有女人的身影，他这才萌生出更大的懊悔，生自己刚才情绪失控的气，想要打电话过去道歉，又没有了勇气，踟蹰了一阵，拎着包沮丧地往回走。

“喂！喂！你他妈的在搞什么鬼?！”蓝牙重新连接上，耳机里传来沈铎的声音，陈卓才猛地想起沈铎的声音已经消失了好一阵儿。

“对不起。”他是对沈铎说的，也是对消失的女人说的。他抬起头看仍旧远在天边的大熊座，仍旧在给他指着方向，仍旧触摸不到，仍旧偶尔温暖，大多数时候寒光凛凛。

Lost in the Memory

5.

沈铎握紧拳头，做了一个胜利的手势，他做到了，
他在万千记忆中找到了她，在浩瀚的时光中定住了这一刻，
他有流泪的预兆，有呐喊的冲动，有上帝的豪迈感，
他虽然还是不知道她是谁，还是不知道这爱的来头，
不知道这爱为何浓烈，但他知道自己得救了！

陈卓的家凌乱不堪，还充斥着一股庞杂的味道，在夏夜的包裹中，缓慢飘动。如果你能闻到，一定会让烦闷的心情更加汹涌，会感到人生所有的糟粕都袭来，你无力招架，无力还手，只想离开。

但还好，沈铎闻不到。

“差一点儿，就差那么一点点！”“病房”里，沈铎还在生气，用枕头砸着床，能看到纤尘飞起。

“不是已经跟你道歉了嘛，不至于这么不依不饶的吧。”陈卓趴在桌子上，喝着一罐啤酒，一只手撑着脑袋，没精打采地看着“盒子”，“我也搞砸了一切，我们算扯平了。”

“是你自己搞砸了两件事，我可不想分享你的劳动果实！”沈铎往床上一倒，双手交叉在脑后。

“你怎么这么没有良心啊？我是因为回来找你才把事情搞砸的！”陈卓瞪着“盒子”。

“是你先把我弄丢的好不好？你不能本末倒置！”沈铎又气得坐起来。

“但至少我是关心你才会那么心急。”陈卓把蓝牙耳机摘下来切换成免提。

“别说得那么肉麻，你就是怕把我弄丢了，公司找你算账。”

“作为一个记忆副本，这么刻薄可不是什么好事儿。”陈卓喝了一口啤酒，把罐子捏得“哗啦哗啦”响。

“威胁我是不是？是不是想切断连接？来吧来吧，反正我也累了。”沈铎躺在床上一副等死的样子。

“你别激我！别以为我不敢，我不但能切断连接，还能让你永远醒不过来！”陈卓心理郁闷，想吵架。

“哎哟哟！真是过完河就拆桥，你一直都是这么做人的吗？你这个死胖子！”沈铎也憋着一股火，咄咄逼人。

“你说谁是死胖子？你再说一遍！”陈卓又实在不会吵。沈铎倒是高手：“就说你呢，你这个死胖子，你这个胖子界的 loser！ Loser 界的胖子！”

“你别逼我！我现在就把你砸了！”陈卓把“盒子”举起来，要往地上摔。

“砸吧，砸吧，‘咣当’砸地板上！一了百了！反正我也没有疼痛感，也不用再被你利用来泡妞儿！哦，对了，反正你也没脸再和她见面了！”沈铎一副豁出去的样子。

陈卓却把“盒子”慢慢地放下了，深呼吸了一下：“好，好，我不和你吵了，和一个记忆副本吵架显得我特别小气，我不和你聊了，行了吧？我睡觉去。”陈卓一边说着一边往床边走，走两步还回过头来贱贱地说道：“睡觉喽。”

“你个懦夫，你个废物！你个小贱货！你别走啊！你回来！”沈铎的声音从手机里传来，陈卓想了想又回到桌子前，把手机调成了静音：“听不到听不到。”

沈铎在“病房”里得不到陈卓的回应，气得他直打转，又多骂了几句，也觉得没劲了，又隐隐约约听到淋浴的声音，知道那胖子在洗澡，自我安慰了几句，去幻想高山大河平湖秋月，总算冷静了下来。

他如禅师打坐般静默在床上，脑子转了转，觉得还是要去找到“真爱”，找到了就能和这死胖子说拜拜，于是又穿梭回海边的那场大雨里，一切顺利，看到了女孩儿的背影，站在她身后喊了一声：“哎！”

他的心跳又随着喊声活跃起来，女孩儿缓缓地回过头，还是有些慢，但是他却不急了，这回没有意外发生，一切如常，却看到了一张陌生的脸。他愣住了，想了又想，怎么都想不起来。

女孩儿似乎并没有看到他，又把头转回去继续往前走，沈铎追上去，想要拍女孩儿的肩膀，却发现两人中间似乎隔着一层无形的玻璃，他触不到。他又喊了一声，但是女孩儿似乎也听不到他的声音；他再喊，女孩儿还是不肯回头。他眼睁睁看着女孩儿走远，消失在雨幕中，消失在视野里。“真爱之声”也在耳边逐步飘散，被磅礴的雨声带走，只剩下雨点“滴答滴答”地掉落，如初学者般爆裂的鼓点，聒噪又抓不住重点。

沈铎满心疑惑和懊恼地回到“病房”，一身的雨水迅速消散，他看着早已看腻的天花板，大吼：“死胖子！死胖子！你快点儿出来！”

传来的却只有鼾声。

陈卓戴着一个熊猫的眼罩，在床上睡得正香。

沈铎在“病房”里像个多动症患者似的，用头撞着墙，一下一下地念叨着：“死胖子、死胖子……”可始终没能等来回答。

夜晚总是比想象中漫长，又比期待中短暂。

清晨，悄无声息；阳光，准时降临；有些风在来的路上伺机而入。

陈卓睡了一个好觉，浑身舒畅，昨晚的忧伤，没有续航。他起身先是接了杯水，边喝边看着“盒子”的指示灯已经熄灭，它的续航时间也到了极限，他想着沈铎又面临突然被“击晕”的窘境，不由得笑了笑。

陈卓难得拥有这么一个清闲的早晨，多数时候都是慌乱的，困倦的，被闹钟吵醒，周身的不舒适，快速的洗漱，嘴里的泡沫，冰箱里的面包，有过期嫌疑的牛奶……自己的一团糟，循环往复。

所以这天突然生命中多出了一小段时间，他耐心地给自己做了份早餐，边吃边想着要不要去晨跑，还是打扫一下房间，但最终他什么都没有做，秉持着人类的惰性，似乎只是想一想就觉得够充实了，已经是赚到了。他喝掉最后一口咖啡，想着穿什么去上班，这件事儿第一次给他带来了困扰，以前觉得穿什么都一样，如今有了对比，才懂得好坏，这也是人的禀性。

陈卓最终还是恢复了往常的打扮，他不想要太引人注意，也不想让人觉察出他的转变。他始终保有一种低调的心态，这让他觉得安全，觉得与世无争，觉得坏事儿不会降临在他头上，在公司活得像个小透明一样，除了发工资时，别人不会想到他，这样也挺好，这也算是他的办公室生存法则。

他蹑手蹑脚地来到公司，坐在自己的座位上，环顾了一下四周，把“盒子”从皮包里掏出来，摆在桌子上，没人发现，他这才松了一口气。把连接线插在电脑上，按下开关，立刻就传来了沈铎骂人的声音。

陈卓吓了一跳，急忙调小了音量。“嘘，老兄你小声点儿，想害死我是不是？”陈卓急忙又环顾了一下四周，艾柠朝他走来。“陈卓你今天……”艾柠手里拿着笔指着陈卓的衣服上下晃了两下，“哦，没事儿了。”她转身离开。陈卓看着她扭动的屁股不明所以，把耳机和“盒子”连接上，戴上了耳机：“别骂人，要不我立马关掉。”

沈铎在“病房”里，把呼之欲出的脏话生生憋了回去，气得不能自已，抓着枕头使劲儿地挥舞，又拿枕头捂住了嘴巴，用气声骂了一长串“卑鄙、卑鄙、卑鄙、卑鄙”，如经文般安抚着情绪，也滋生出某些古老的大道理，比如“男子汉大丈夫，能屈能伸”“君子报仇，十年不晚”“留得青山在，不愁没柴烧”之类，却都如心灵鸡汤般不敢细想，不敢往深里琢磨，生怕得出最真切的无奈——作为一个记忆副本，他其实早已没有了对这个世界还手的能力。

他只能软了下来。

“你昨晚那个呼噜打得真响……”他竟说出了这么一句娇柔的话，说完自己都觉得恶心。“呸！”他暗暗唾弃自己。

这话也让陈卓出乎意料，周身笼罩着奇异的燥热感，如秋天的芒草扎着皮肤。“呃……对不起。”他不知如何回答，竟说出这么一句。于是气氛猛地微妙起来，朝着不可预期的方向走，沈铎也觉得可耻，陈卓的回答让他之前的话完全变成了撒娇。他挠着头发，竟也接不了话，这是他活着时没遇到过的情况。

两相沉默，放大着尴尬。

“那个……”还好陈卓先开了口，“你的续航时间最多可以达到10

个小时。”聊些专业的事情应该不会错，“之前忘记和你说了。”

“哦，我记住了，可你和我说其实也没什么用的。”沈铎在慢慢恢复情绪。

“虽然没用，但你也应该知道，所以你昨晚是没电了……”

“不要再提昨晚。”沈铎打断陈卓，但想了想，又不得不提，“哎！我找到最爱我的那个女孩儿了。”本该激动的时刻，本该急迫说出的事情，绕了这么一个大圈，已经变得平淡，只是陈述，没有惊叹号。

“哦？一晚上都没闲着啊？是谁啊？”陈卓拿着笔准备记录，他还是替沈铎开心的。

“我看到她的脸了，可奇怪的是我并不认识她。”沈铎说道。

“你开什么玩笑？不认识？你是不是又搞错人了？”

“这次绝对没搞错，我敢肯定，我在她身边，‘真爱之声’就一直在响，‘怦怦怦怦’的，特别强烈，她一走立马就消失了。”沈铎说得很笃定。

“那你对这个人一点儿印象都没有？也没有似曾相识的感觉？”陈卓也感到奇怪。

“一丁点儿都没有。”

“她是不是整容了？”陈卓猛地冒出这么个念头。

“你倒是有幽默感了。”沈铎在心里翻了个白眼。

“这种事情也不是没有可能，之前有个客户就是变性成了女的，还改了个英文名，叫克里斯蒂娜，那个记忆副本在回忆里遇到个叫刘银锁的男人，一靠近‘真爱之声’就‘怦怦怦’响，你说这谁能认出来？那个记忆副本都崩溃了。”陈卓举例说明。沈铎一听也有了几分怀疑：“那怎么办啊？”

“你想想和她有没有过其他的接触，或许能意外确认身份。”对陈卓来说，这种难题目前还没有有效的解决办法。

“我这次找到她都纯属意外，我都没见过她，怎么能有其他回忆？我本来想要问她的，可我说话她根本听不到，我想拉住她，但我又碰不到她，我们之间就好像有块玻璃，她过不来，我过不去。”沈铎的语调里满是不解，还带着些许的委屈。

“那是‘记忆界限’，你现在所谓的穿梭等同于回忆，你不可能去添加和改变回忆的，哪怕那场景非常逼真，但和现实世界还是不一样的，现实的意义在于你能够去创新，而记忆只能是守旧，你懂吗？你觉得好像在记忆里做了一些新的事情，其实只不过是又多想起了一些，又自我杜撰了一些。”陈卓冷静地分析道。

“哦，这样啊。”沈铎似懂非懂，“可你说的不都是废话吗？我还是不知道她是谁啊。”

“我是在给你答疑解惑啊，你以为我喜欢讲这些东西啊，我又不是行走的《十万个为什么》。”陈卓喝了一口水，审视着“盒子”，觉得自己通过和他聊天已经变得有一点儿幽默感了，时不时还会冒出一句俏皮话，他有些为自己得意，并把这个感受说给了沈铎。

“我没心情和你说这个，你不帮我，我就只能等死了。”沈铎在“病房”里懊丧地往床上一倒。

“谁叫你搞了那么多姑娘，现在后悔了吧？这个世界在某些时候还是公平的。”陈卓还有心情揶揄他，他觉得在这个早上，两个人的地位莫名其妙地扭转了，虽然之前自己也是掌控着沈铎的一切，但就是有那么点儿不自信。现在，他能逐渐感受到自己在生长，在强大，如竹子拔节、高升，他似乎都能听到那“噼里啪啦”的拔节声。

“你也不用这么幸灾乐祸吧？我找不到对你也没什么好处，你的人生该失败还是失败。”沈铎还击。

“也对哦，我还得靠你帮我追她呢。”沈铎的话起了作用，让陈卓泛起忧愁，一想起这件事儿，陈卓就满脸的苦恼。

“你还知道啊？那还不快帮帮我。”沈铎击中要害，反而不卑不亢，从容不迫。

“这东西没法儿帮啊，你只能靠自己回忆，你吸取一下之前失败的经验，这东西不能天罗地网地搜，记忆可是比宇宙还浩瀚的……”陈卓转着手中的笔，像是上帝一样睥睨着“盒子”，实则有些心不在焉，思绪又回到昨夜，微凉，懊悔，时间难倒回。

“你再说一遍！”沈铎猛地从床上跳起来，似乎捕捉到了什么。

“我说记忆可是比宇宙……”

“上一句。”

“天罗地网……”

“再上一句。”

“忘了。”

“你说要吸取一下之前失败的经验是不是？”沈铎在确定。

“你记得还问我。”陈卓没好气。

“我知道了！我知道了！等着我啊！”沈铎说完朝墙壁撞去，身体随着撞击消失，他已穿梭离开。

“要多久啊？我午休还要出门呢！我要是不在你别着急啊！”陈卓那一刻忘记了自己在办公室，竟然喊了出来，可是没有回答，他叹了口气，靠在椅背上。

这时艾柠神神秘秘地来到陈卓身边，小声道：“我盯着你很久了，我可提醒你一句，他这人花招儿多，你别被他蛊惑了。再说了，公司有规定，不能和记忆副本谈恋爱的。”

“我没有。”陈卓辩解。

“别狡辩，我懂得。”艾柠冲陈卓挤了下眼睛。

“我真没有，我们就是单纯的工作关系。”陈卓努力澄清。

艾柠很敷衍地点了点头：“好的，我明白，你说是什么就是什么。”艾柠说完转身离开，明显地不相信。

“哎？哎？你别走啊！”陈卓扭过头喊着，可艾柠已经头也不回地走远了。

陈卓气得握紧拳头想要砸一下“盒子”，却只是砸在了桌子上，用力过猛，杯子里的水溅了出来，落在了“盒子”上，陈卓叹口气，抽出一张纸仔细擦掉“盒子”上的水滴。这时他听到了口哨声，一回头，看到艾柠在远处看着他，他的手还停留在“盒子”上，像抚摩爱人的头发一样。艾柠一副“我什么也没看到”的表情，又吹了声调戏的口哨。

陈卓一脸的无奈，这下算是解释不清了。他也懒得解释了，把纸团成团，用力地丢向垃圾桶，还丢偏了。

沈铎再次穿梭回学校那条通往画室的路上，他看着女神背着画板朝自己慢慢走来，“真爱之声”在耳边响起，他却突然在原地缓慢地转圈，360度扫视周围的人，在不远处的一棵树下面，他看到了之前海边的那个女生，正在望着自己。

沈铎又穿梭来到KTV那个夜晚，背着短发姑娘到了她家楼下，“真爱之声”响起，沈铎背着女生回头望，看到一个身影慌忙躲到路灯照不到的阴影里，仅凭那一瞬间，沈铎就已经肯定是她。

沈铎回到海边，他站在屋檐下，努力观察着沙滩上的人群，在凌乱的雨中，他似乎看到了爱自己的那个女生，正在组织着几个老年人往宾馆里走。他尽可能地竖着耳朵去听，隐约捕捉到了一丝声音，一个老人摔倒了，他抻着脖子喊着女生的名字，那两个音节是什么？他明明听到了，可风太大又刮偏了，雨太大，“真爱之声”也跟着一起捣乱。但他知道，他真的听到了，那两个字像云上的歌，像树顶的风，像浓糖的咖啡。

夏秋，对，是夏秋，他们喊她夏秋。可是只有名字是不够的。

沈铎冲进雨中，想要来到夏秋身边，却被一道无形的力量挡了回来，他才猛地想起陈卓所说的“记忆界限”，他隔着那道界限大声地喊着：“夏秋！夏秋！”却始终没能换来一丁点儿回应。他有一丝绝望和半分的泄气，可又固执地不肯离去，僵硬地站立着，与“记忆界限”和坏天气做着对峙，他看着夏秋慢慢地往宾馆走着，看着她看着宾馆的方向似乎很伤心的表情，看着她抛下人群又独自走进雨里，颤抖着肩膀，像是在哭。沈铎的心猛地收紧了，他被这柔弱的背影打动了，他想要靠过去拍拍她的肩膀，拨弄她被打湿的头发，让她在自己胸口靠一靠，可这些他通通都无能为力。

但还好沈铎捕捉到了什么，在他就要放弃掉、宣告自己失败之时，他注意到了夏秋戴着的帽子上印着“国邦旅行社”的logo（标志），以及那一串有些模糊但还是能看清的编号，03264，这应该就是她的导游编号。沈铎握紧拳头，做了一个胜利的手势，他做到了，他在万千记忆中找到了她，在浩瀚的时光中定住了这一刻，他有流泪的预兆，有呐喊的冲动，有上帝的豪迈感。他虽然还是不知道她是谁，还是不知道这爱的来头，不知道这爱为何浓烈，但他知道自己得救了！

沈铎穿梭回“病房”。

“陈卓！陈卓！死胖子！死胖子！”沈铎还是没能改掉冲着天花板喊叫的习惯。

陈卓在吃着一份便当，他没敢出门吃午饭，刚吃了一大口，声音猛地传来，他吓了一跳，含糊着说：“怎么啦？找到啦？吃完饭再说行吗？”

“找到了！我找到了！”沈铎兴奋地喊道。

“真的吗？没搞错吧？”陈卓把便当放在一旁。

“真的，绝对没错，你拿笔记一下。”沈铎死死记着，唯恐意识松懈，那些号码就如烟散去。

“好的，准备好了，你说。”陈卓拿着笔。

“国邦旅行社导游，编号03264。”沈铎字字咬得发力。

陈卓边写着边念叨着："03264，名字是夏秋。"

陈卓突然停下了笔。

"你是说最爱你的人叫夏秋？"陈卓问道。

"是啊，是这个名字，我不会听错的。"沈铎确信，目光坚定，有如看着远方胜利的旗帜。

"真的没搞错？"陈卓在确认，心里祈求一定别是肯定的回答，哪怕有一点儿迟疑对他都是仁慈。

"绝对没错，我保证。"沈铎甚至想要发誓。

似乎有枪声响起，子弹发射出的那一瞬间弹夹后顿。似乎有水杯落地，缓慢地破裂，没有规则地四散。似乎有炸雷响起，在春天初到的午后惊起飞鸟。似乎有孩子的啼哭，使夜晚一扇窗子亮起了灯。

这一切，陈卓都不喜欢。

他仍旧握着笔，身体僵硬着没有动，脑海里却万马奔腾，昨晚约会的画面快速闪回，他和夏秋在餐厅吃饭，他在夏秋手臂上画的大熊座，他和夏秋讲的那些程序员的笑话……他的脸色慢慢地变得严肃且不可捉摸，如果仔细分析，那里面似乎有阴险的成分。

"记下了吗？"沈铎在这一刻体现了某种特定境况下的无知，这么说他有些冤枉，但他确实在催促。他不懂，也看不到，危险在靠近，有一双手从虚无的背后伸过来。

陈卓慢慢地放下了笔，另一只手去抓“盒子”和电脑的连接线，他有过犹豫，但眼睛一闭，还是拔了下来。

陈卓盯着手中的线，身体止不住地颤抖，他愣了几秒钟，丢下线慌乱地朝门外走去。他越走越快，感觉有人在追赶，道德翻滚着碾压过来。他跑进安全通道，踏过层层楼梯，穿过马路到报刊亭买了一包烟，站在风中，哆嗦着点燃，深深地吸了一口，多年前的味道，久远的辛辣感。

可能是被呛到，可能是风刺眼，他所看到的前方是模糊的，是酸涩的，是随情绪波动的。他是怨恨的，怪命运之手的操纵；他是豁然的，怪不得夏秋一直退却且神伤；他又是庆幸的，生杀大权握在手中，他可以选择不作为。

可为何，他忽然感觉世事艰难，他的眼睛满含泪水，他终于体会到，原来选择不做一个好人也这么难。

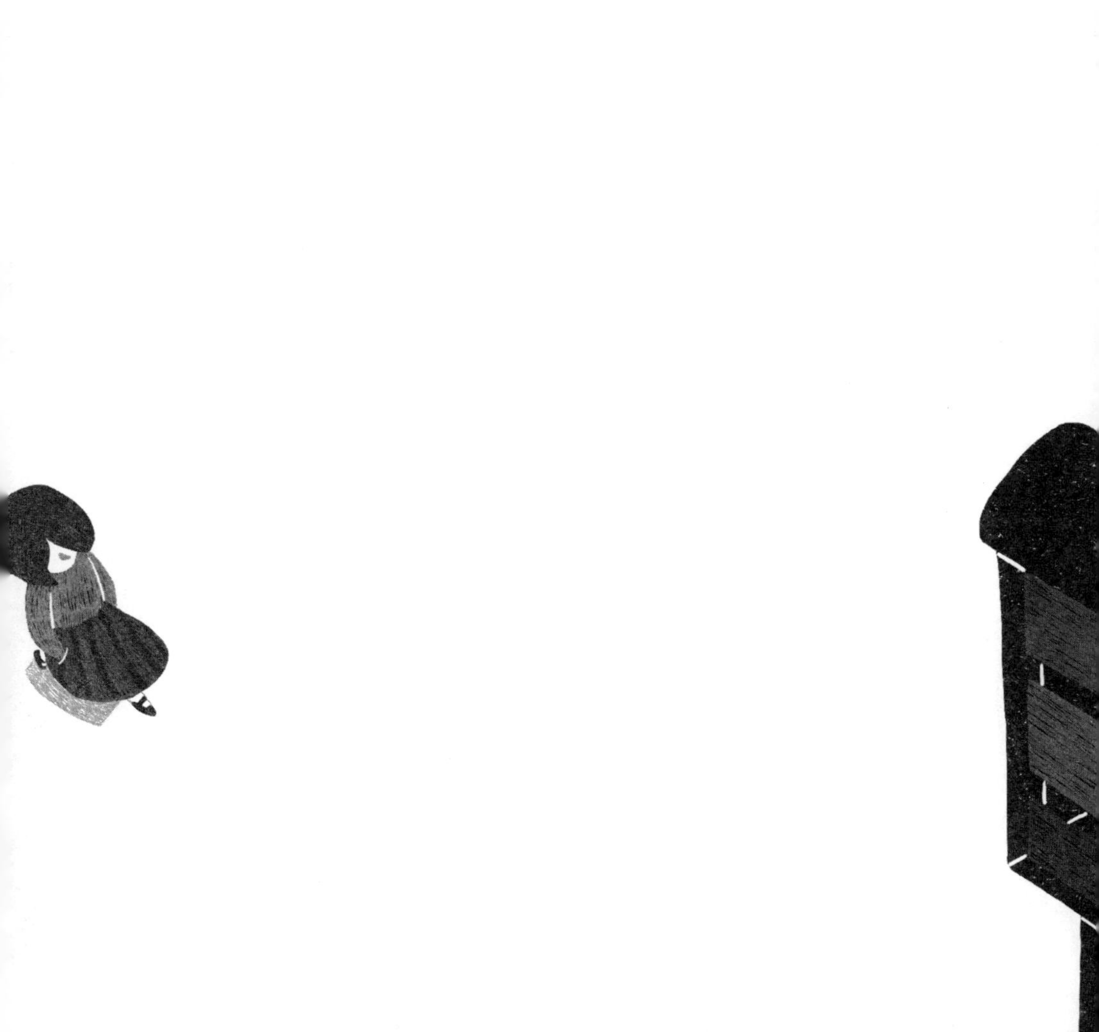

Lost in the Memory

6.

想留住，又怕走不出，这方面老年人就做得很好，

他们要的是回忆，年轻人却怕陷入回忆，

他们要的是未来。

办公室里，艾柠远远看着陈卓慌乱地跑出去，她站在窗前看到从来都不抽烟的他竟然买了一包烟，在风中抽得满怀心事。于是她装作不经意地来到陈卓的办公桌前，一眼便看到了断开的连接线，她拿起连接线在手上绕了绕，又向窗外望了一眼，把线插上了。

她坐在陈卓的椅子上，戴上耳机，里面立马传来了沈铎的声音："走得那么急，也不打声招呼，再说也没必要断开连接啊！怎么样？找到了没？"

"嗯……你说什么呢？你们吵架啦？"艾柠还没搞清楚发生了什么。

"你是谁？陈卓呢？哦！你是夏秋吧？夏秋！可算找到你了！你快点儿把我领走吧！"沈铎近乎狂喜地喊道，他已经忘了艾柠的声音。

"夏秋？"艾柠察觉到一丝蹊跷。

"你不是夏秋吗？不是陈卓找你来的吗？那你是谁？"沈铎有些迷

糊了。

艾柠已经捕捉到事情的大概了，她朝门外看了一眼，看到陈卓回来了，于是急忙拔掉了连接线，站起身离开之际看到了桌子上的字条："国邦旅行社导游，编号03264，夏秋。"艾柠把字条放进了自己的口袋，朝经理办公室走去。

经理办公室里，艾柠在向经理汇报工作，内容是关于陈卓的，艾柠分析陈卓出于某种目的，找到了委托人却并不通知。她说完又倒了杯茶给经理。

"哦？还真找到了？那个'真爱之声'看来还有点儿用。"经理面露惊喜。

"就是瞎碰到的，您应该很清楚这个概率。"艾柠并不想认可陈卓的功劳。

经理面色又凝重下来，在百叶窗上撑开一条缝隙，看了看外面的陈卓，问题却转了个弯儿。

"你一个人怎么会了解到这些？"经理想再确认一下。

"我可是业务部的核心，咱们业务部，应该是了解公司最多秘密的部门吧？"艾柠朝经理露出会心的笑。

"我只安排最让人放心的人在业务部，但凡事要讲证据，陈卓的事儿你确定吗？"经理仍旧面无表情。

“90%。”艾柠也没敢把话说满。

“那你就去把剩下的 10% 找到，然后把委托人找来。”经理喝了一口茶，继续低头看文件，“你出去吧。”他并没有抬头看艾柠。

“那我先去忙了。”艾柠转身出门，脚步里多了几分坚定。

陈卓抽了两根烟，头有些晕，跳动不安的心倒是平复了不少，烟草在某些时候，确实能起到安抚心情的作用，如同闷热夏季里的一缕风，不知为何便忽生动容。

他回到座位上，并没有发现什么异常，他看了看连接线，想要插上又放弃了。他感觉很沮丧，整个人瘫在椅子上，头向后仰，来回晃动着椅子。他有些摸不准自己的心理，既难过又愧疚，自己深爱的人却深爱着另一个人，哪怕这个人已经变成了记忆副本，但深情这个东西，又不是说断就能断的，夏秋应该是想要从和沈铎的这段感情中走出来的，所以才会不来领取记忆副本，才会和自己约会，但沈铎仍旧是二人之间无形的阻隔，是夏秋不能触及的痛点。

现在，他面临抉择，是要把沈铎送回给夏秋，还是不动声色地“杀死”沈铎，他此时的两难境况，恰恰证明了他对自己没有信心，他不相信自己能够战胜记忆副本，不相信可以从沈铎手里抢走夏秋。说实话，他不得不承认，沈铎哪怕只是一个记忆副本，都比自己有魅力。

可要是不送回去呢？刨除公司章程不说，光是道德心理这个坎儿，他也很难跨过。这些年，他始终认为自己是个好人，甚至是滥好人，但当他刚刚拔掉这根线的时候，他触摸到了自己的黑暗面，这黑暗面似乎已经替他做了决定，而他的善良才后知后觉地在反扑，在苟且。他又不太敢确认了，内心里某些邪恶的种子在慢慢地滋长，他想要抑制它们，却又难以控制，他只能去想沈铎的好，想沈铎之前如何帮助自己追夏秋……

他胡乱地抓着头发，一想到这些他脑子又是一团乱，可他又忍不住问自己一个问题，如果当初沈铎知道自己要追的女孩儿就是夏秋的话，他还会帮自己吗？这种事情他无从揣度，什么答案都显得牵强，却只有坏的答案才让他稍感心安；他甚至有些祈求答案就是坏的那一种，这样的话，他的负罪感便能轻一些。

艾柠走过来在陈卓的脑袋上拍了一下，一杯咖啡放到了他面前："怎么啦？心事重重的。"

"没，没怎么。"陈卓吓了一跳，坐直了身子。

"为这事儿发愁呢？"艾柠指了指桌上的"盒子"。

陈卓没说是也没说不是，拿起咖啡喝了一口："真烫。"

"还没找到主人？两周都过去了吧？"艾柠进一步追问。

陈卓依然没有正面回答："多给他点儿时间吧，他的情况比较复杂。"

"哦。"艾柠想问但没有再问，她已经心里有数，也有事情在盘算。

"你说这些提取副本的人是出于什么心理？委托了又不来取。"陈卓试着去接住话题，不动声色地从实体引向虚无。

"因为爱吧。"艾柠回答得很简短。

"爱？"陈卓不明白。

"可能吧，想留住，又怕走不出，这方面老年人就做得很好，他们要的是回忆，年轻人却怕陷入回忆，他们要的是未来。"艾柠说完微笑地看着陈卓，那笑容里满是深意，可惜陈卓看不出来。

"未来？什么算是未来？"陈卓在这谈话里似乎找到了些机遇。

"一个新的恋人，一段新的关系，往后的日子还很漫长，总得找个人、找件事儿来消磨时间吧？"艾柠说得洞彻世事。

"真的吗？"陈卓不太确定。

"忘掉过去和找一个新人，你说哪一个更容易？"艾柠反问道。

"谢谢你。"陈卓像是领会到了什么真谛，慌忙地起身往外走，艾柠隔了几秒钟后，跟了出去。

换三次车，一路向西，穿过大半个城市，能看到两根大烟囱呼呼地冒着烟，像是大地躺着在抽烟。

艾柠来过这里，踏入方圆一公里内就浑身不舒服，心里一阵阵泛着往事，“火葬场”三个字像是冒着火焰，炙烤着她的眼球，在现实和回忆里踏步，每一步都是煎熬。

有些往事总是历历在目。

明亮的天，不跟随心情阴沉，她看着前男友被推进火炉，她感受不到炽热，她把没能烧尽的骨块挑出来，如同挑拣着春天的种子，她捧着骨灰盒离开，身前身后满是荒凉。

她悲伤，也已不悲伤；她麻木，这比悲伤更好过一些。她庆幸时间已爬至如今，但每一个画面都逼着她掉头，那焦化的气味催着她呕吐。她翻出一粒镇静剂吞掉，蹲在一片阴影里等待心绪平复。太阳还是毒辣，明晃晃地照得睁不开眼睛，她眯着双眼才看清陈卓走进骨灰寄存室，她深吸了两口气，起身跟了过去。

骨灰寄存室和图书馆差不多，一排排整齐的架子，每一个盒子都是一本被翻过的书，有的常年有人来看，有的多年无人问津。艾柠躲在一个架子后，看了眼上面的骨灰盒，虽然精致，但还是会觉得阴森。她心里默念着“打扰了”，贴过身子去，看到陈卓和一个戴墨镜的女人在一个架子前说话，这女人应该就是夏秋。

“这么急着来见我有什么事儿？”夏秋不看陈卓，只盯着沈铎的骨灰盒。

陈卓要开口，却犹豫了一下。

在这一瞬间艾柠的内心是复杂的，寄存室的环境或是那粒镇静剂唤起了她的一点点慈悲，她竟希望陈卓把一切告诉夏秋。

“没什么，就是想见见你。”陈卓还是没说。

“哦。”夏秋冷漠地回应道。

“原来你男朋友叫沈铎。”陈卓装作不知情，没话找话，“你以前都没和我说过。”陈卓盯着沈铎的骨灰盒，泛起一种不适的抽离感。

“我们很熟吗？”夏秋语气中有讥讽的味道。

“我以为我们很熟。”陈卓懦懦地说道。

“你不过就是我的一个游客，三天的团，你觉得能熟到哪儿去？我连你做什么的都不知道。”夏秋都不扭头看陈卓一眼。

“我的工作需要保密……”陈卓吞吞吐吐。

“不重要了。”夏秋的态度模棱两可。

“我觉得我们那天晚上过得很开心……”陈卓抓住唯一能算美好的回忆，如救命的稻草，如悬崖边的藤蔓，希望能拉扯出夏秋的回味。

“你想多了，那天我是装出来的，我一点儿都不开心。”夏秋突然想坦诚一点儿，这让陈卓皱起眉头，满是不解。

“那天你幸亏走了，要不我就要开口了，我本来想管你借钱的。”夏秋兀自笑了笑，有自嘲的成分。

“你遇到什么难事儿了？”陈卓想了想自己的积蓄，问得很心虚。

“你别问了，我自己已经有解决的办法了。”夏秋说着摸了摸沈铎的骨灰盒，这动作让陈卓试着去捕捉一丝信息。

“和他有关吗？”陈卓问道。

“都说了叫你别问了，你这人怎么这么烦啊？”夏秋面露愠怒。

“你不能总是这么冰冷地抗拒别人的关心，你应该走出来，为了一个已经死去的人锁住自己，你觉得值吗？”陈卓是以关心的借口指责，是责怪“你为什么不接受我”。

“你有什么权力来教导我？这世界上没有什么值不值得的事情，只有想不想！”夏秋火了，终于透过墨镜看向了陈卓。

陈卓差一点儿就要说出来：“那你为什么不去取回记忆副本，为什么选择抛弃他？”可他看到了夏秋墨镜后面流出来的眼泪，八月的田野落了雨，那句话就变成了：“对不起，我不是来指责你的。”

夏秋抹掉脸颊上的泪，语气也柔和了一些：“没关系，我先走了。”夏秋朝外面走去，陈卓跟了过来：“你去哪儿？”又觉得不该问，接了句：“要不一起吃晚饭吧？”

夏秋摇了摇头：“我还有很多事儿要忙。”

“那下次你不忙的时候再说。”陈卓紧跟不舍。

夏秋没说好也没说不好，径直走向了停车场，背影里全都是让陈卓不要跟。这点陈卓懂得，他看着夏秋的背影，不想黏过去招人烦。面对不喜欢自己的人，执着和纠缠只是一线之隔。他转过身有些落寞地往外走，他的前方，未来还看不清，夏秋还忘不掉过去，她还不想选择自己来消磨时间。

另一边，夏秋启动了车子，刚准备离开，艾柠出现在她的车旁，敲了敲窗户："你是夏秋吧？我有些事情想告诉你。"

夏秋摇下车窗，满世界的风吹了过来，她竟觉得有些凉。她看艾柠觉得眼熟，可在脑子里打了一个转，并没有想起来。

陈卓在太阳底下，一边走还一边控制不住地回味着刚刚和夏秋的对话，他猛地意识到了夏秋的苦衷，她之所以一直没来取沈铎的记忆副本，完全可能是付不起那剩下的 50% 的尾款。他狠狠地一拍脑袋，后悔汹涌而至，他不该隐瞒夏秋的，他应该全盘托出的，哪怕因此夏秋和自己之间的隔阂更深了，也该告诉他沈铎的记忆副本在苦苦寻找她。他应该借钱给她的，哪怕自己的积蓄少得可怜，但能帮一点儿是一点儿，她不要也得硬给。这是诚实，这是无私，就是爱。

他猛然发觉自己又搞砸了一切，他要补救，他冲到停车场，看到夏秋的车刚开出去，车尾还闪着灯。他追了上去，追出停车场，追出火葬场，追到公路上，他觉得自己一定能追上。

在某些久远的记忆里，陈卓也曾如此用力地追过一辆车。那时巷子很宽，他很小，车子卷起飞扬的尘土，遮天蔽日。他奔跑，他摔倒，车子越来越远，他哭泣，还不知道心里有不舍，只一心想着还差一句郑重的再见。直到车子消失了，他也跑累了，脏了的汗水在脸颊留下痕迹，如蚯蚓爬过皮肤，灌满一整条巷子的黄昏。那是童年的终结，是长大后的忧伤余温。

命运难免有相似的节点，回忆也未必能增补力量，跨过 20 年的沟壑，陈卓仍旧感觉力不从心。他满头大汗，摇摇晃晃，他知道自己追不上了。

但还是要追，还是要喊，喊得声嘶力竭，悲戚灌耳，仿佛是在追着一个不确定的未来，在呼唤着岁月留情，又是在弥补一个毕生的悔恨，每迈一步都是一次救赎，是一次朝圣，都能减轻一丝内心的愧疚，能让他觉得自己不是一个浑蛋。

可是他追不上。

陈卓瘫坐在路边，手机拨了又拨夏秋的号码，始终无法接通，他绝望地把手机摔在地上，手机没有碎掉，就像他的生活一样没有骨气。他把手机又捡了起来，擦掉上面的灰尘，把头埋在胳膊上，痛哭起来。他知道这样很窝囊，但他也不想多想。

路边没有大树，没有阴凉，悲伤辽阔。

艾柠坐在夏秋的车里，车速不快，刚好够甩下陈卓，也能让艾柠顺畅地告诉夏秋这一切，夏秋听了自然是惊讶，这惊讶里又包含了对陈卓的彻底失望："他竟然一直隐瞒着我。"这话说出后对陈卓的态度又多了几分厌恶，刚好他的电话一直打来，刚才后视镜里的追逐她没看到，这回的来电倒是看得清晰，可是夏秋都不想接。

"你为什么不去把记忆副本取回来？"艾柠询问道。

"我这些日子一直在筹钱，我把房子都挂到房产公司了，有很多人来看，应该就快卖出去了，一卖出去我立马就去把沈铎领回来，你们公司能不能多宽限一下？"夏秋焦急又诚恳地道出原委。

"这个可能有些难，公司里有很多硬性的规定，没办法更改的。"艾柠一副抱歉的表情。

"那我该怎么办啊？！我不能失去他，我不能不要他！"夏秋眼泪落了下来，狠狠地拍打着方向盘。她的样子让艾柠感到愧疚，为了抚平这愧疚，艾柠想帮她。

"要不这样吧，我借你钱，你先把他取回来，等你有了钱再还我。"艾柠尽量把这句话说得不像恩赐，但夏秋还是瞬间投来了感激的目光。

“真的吗？”夏秋用手抹眼泪。

艾柠点了点头。

“可是我们刚认识啊，你为什么要帮我？你就不担心我不还你钱吗？”夏秋喃喃地说道，语气里满是小女生对突然而至的眷顾的不确信。

“我是有些犹豫，但我相信你爱他。”艾柠的话也藏着不易听懂的隐喻，夏秋摇了摇头：“我是爱他，但我听不明白你的话。”

“没什么不明白的，刚才看你那个样子，让我想起了我自己，我也曾像你一样那么深爱过一个人，我想以后不会再有了。”艾柠从口袋里掏出烟，“能抽烟吗？”

“你随便抽。”夏秋慢慢恢复了平静。

艾柠点了一根烟，深深地吸了一口：“待会儿看到银行你停一下，我去给你取钱，公司只接受现金的，你还记得吧？”

夏秋点了点头：“谢谢你。”

艾柠笑了笑：“我最近看了一本书，书里有一句话特别好，说情侣间最好的情话不是‘我想你，我爱你，我养你’，而是当两个人走过漫长的岁月后，临死前的一句‘谢谢你’。”

“谁的书啊？”夏秋问道。

“一个不太出名的作家，我打算去见见他。”艾柠眯起眼睛，前方的路慢慢变窄，像极了大多数人成年后的人生。

两人来到公司后，艾柠从陈卓的座位上，拿走了“盒子”，交给等在门前的夏秋。不知怎么的，当艾柠把“盒子”送到夏秋手中的那一刻，竟生出了些庄重之感，像在交接一盒骨灰，也像是在交接一段感情，虽都和自己无关，可人生总会在某些时刻为不是自己的事儿而感怀，一闪而过或者经久不衰。

夏秋倒显得很平静，是激动以后的平静，比平常状况还冷静一点儿。她接过盒子，嘴角有苦笑，声音里带着微小的抱怨：“原来就是这样。”没头没脑的一句。

艾柠递给她一个小本子：“这是说明书，弄不懂的时候就翻翻。”

“我一直都弄不懂他。”夏秋说了句玩笑，艾柠笑了笑：“我送你下楼吧。”

电梯门开了，像一扇窗，也似往后的生活，并不通透。

“我会尽快还你钱的。”夏秋靠过去给了艾柠一个措手不及的拥抱，艾柠轻拍她的背，没有接话，只说：“保重。”这话像是诀别，说得岁月深沉。

夏秋走进电梯，艾柠看着电梯门关上，长舒了一口气。她转身往办公室走，她觉得有些累，来到陈卓的座位旁，呆呆地盯着一处看，一些心事落下，一些想法又急于冒头。

快下班的时候，陈卓无精打采地回到办公室，满面灰尘，第一眼就看到座位上的“盒子”不见了。他一下子慌乱了，这慌乱也算给他注入了某些能量，他打起精神，四处询问身边的同事有没有看到。

“别找了，已经被委托人领走了。”艾柠靠过来，冷若冰霜。

“夏秋？你说夏秋来过了？”陈卓有些不可思议。

艾柠点了点头。

“她是怎么知道的？她刚走吗？我中午和她在一起的，她后来不接我电话……”陈卓已经近乎自言自语了。

艾柠递给陈卓一封辞退信：“你被解雇了。”

“为什么？这到底是怎么回事儿？”陈卓不接信，一时理不清头绪，他似乎能捕捉到一丝苗头，可又满是混乱。

“你清楚的。”艾柠面无表情，没有讥讽也没有怪罪。

“你搞的鬼？”陈卓才反应过来，狠狠地盯着艾柠看，像是要把艾柠看透。

“我只是帮经理把这个交给你。”艾柠晃了晃手中的信。

“是不是你搞的鬼？”陈卓还是不接信。

“是我，可也是规定。”艾柠把信拍在陈卓的桌子上，转身欲离开，陈卓却一把抓住了她的肩膀。

“为什么？你为什么在背后搞我？”陈卓难以置信。

“是你先违反规定，利用记忆副本，又隐瞒委托人，你别本末倒置。”艾柠另一只手去扳陈卓搭在自己肩膀上的手。

陈卓冷笑了两下：“为了讨好上司，你真是什么事儿都干得出来，你是公司的一条狗吗？你这么害我就能得到骨头了？婊子！贱货！”陈卓像是在宣泄，骂得很大声，大得整个公司都能听见，同事们纷纷朝这边看过来。艾柠觉得难堪，不知道该怎么应对，站在原地死死地看着陈卓，瞪着眼睛不让眼泪落下来。

经理办公室的门猛地开了，经理脸色难看地站在门前，冲保安喊道：“把那个死胖子给我扔出去！”

几个保安冲过来，连拖带拽地把陈卓往外赶，陈卓反抗，把桌子椅子弄倒一堆，可终究还是被推了出去。他又要往里冲，被保安挡了回去，反复几次，他没了力气，也觉得没劲，没了斗志，满心的失落找了回来，他拖着沉重的身子不坐电梯，顺着楼梯一级一级往下走，出了办公楼刚迈几步，大雨“哗”地就落了下来，没有一丁点儿的防备。

陈卓没有找地方躲雨，就站在路中央，张开双臂迎接着雨：“他妈的！真老套！”

经理办公室里，艾柠的眼泪和窗外的雨一样多，她抹着眼泪站在和经理隔着一张桌子的距离处，这距离有时也等同万水千山。

“别哭了，你这件事儿做得很对。”经理像是在安慰。

艾柠用了些力气才止住眼泪，样子看上去很听话。

经理又说：“你去和人事部说一声，再找个人接手死胖子的位置。”

“一时还不那么好找，要不我先兼着做吧。”艾柠的语气已经恢复了平静。

“哦？”这话出乎经理的预料，他抬起头看艾柠。

“虽然我不懂什么技术，但和记忆副本沟通应该没什么问题，我也来公司几年了，我不想再做业务了，跑来跑去的，希望经理能给我个机会，我会尽快去学习技术方面的知识，我已经报了培训班了。”艾柠说得急切又诚恳，经理犹豫了一下，点了点头。

“好吧，那你就先试着做一段时间。”经理说完便低头看文件，表示对话到此结束，艾柠还是认真地鞠了一个躬：“谢谢经理。”

艾柠转身出去，径直来到陈卓的座位，看着他的很多物品还在桌上，她一件件收进纸箱里，心里对陈卓的愧疚在一点点地蔓延，她在心里说了声对不起。她并不祈求陈卓的原谅，她只希望未来的某日，当自己找到答案后，那答案会让她满意，不会让她对今天的事情感到后悔。

人生所有害怕后悔的事情，都是源于没把握。

Lost in the Memory

7.

她想着接下来的路程，就当是她带着他一路旅行，
这也是她之前的一个愿望。她想了想，又觉得“旅行”这个词用得不对，
确切地说应该是她带他回家，
回到一切开始的地方，他们可以从头来过。

夏秋辞去了旅行社的工作，房子还没有卖出去，但已经完全交给中介公司打理。她准备离开这座城市，回老家待上一段时间，往后的日子还没有规划，但也不急，忙忙碌碌了这些年，她想要先歇一阵子。

搬家这天，天气有些阴霾，陪衬着她的心情也算是应景。她开着车子，看着不断倒退的街景，面对生活了多年的城市，虽早已厌烦，但难免还是生出几分离索之情。离别总是这样，把再厌恶难堪的人和过往，都能包裹上一层温柔，不忍再苛责。

车子里堆满了行李，椅背都不能向后倒，接下来100多公里的路程，夏秋都得挺直了脊背开车。她看了眼副驾位置上的“盒子”，生出了些许安心，虽还没有和他通过话，可已确定把他绑在了身边，想逃也逃不走。当她拿到“盒子”之后，她反而不那么急了，确切地说是不知道该怎么办了，要怎样的开场白？怎么对待他？怎么和他相处？……无数的问题都涌了出来，比搬家整理行李还要费心费力，比拼一盘星空拼图还要困扰，于是她想着干脆再放一放吧，不急，那么多年都等过来了，也不差这一时半刻。她想着接下来的路程，就当是她带着他一路旅行，这也是她之前的一个愿望。她想了想，又觉得“旅行”这个词用得不对，确切地说应该是她带他回家，回到一切开始的地方，他们可以从头来过。

夜里，夏秋的车子终于开回了老家，那个人口在缓慢流失的小城，如被时光抛弃般静默。

她把行李都搬进那个因长久无人居住而冰冷的家，但干净的风却没让它积累过多的灰尘，简单地打扫一下后，她把自己扔在床上，紧接着是疲惫至极无须多思考的睡眠。她似乎做了几个梦，但在黎明之前就全都忘了，直到一缕沾染了尘埃的阳光透过玻璃窗落到她的脸上，温热了她的眼皮。她缓缓地睁开眼睛，便听到了只属于清晨的鸟叫，疲惫便猛地被伸出的懒腰赶跑，还没多想，嘴角便挂上了笑意，不用多说，心情也是明朗的，像早春时节娇艳野花上的一缕风。

“一夜无梦，无异于小死一回。”猛地冒出的句子，也忘记是在哪里看到过的，她也没有细追究，去接了杯水，端着坐在了电脑前，感觉好像有些事儿要发生，且没有预谋。

就是在这么一个没有预谋的早晨，夏秋把“盒子”连接上了电脑，这比她预想的要快，本想着要下一番功夫的心理准备，也突然轻松得不需要整理。她按下开关的那一刹那，这些年爱慕的情感猛地汹涌而至，她还是没能克服这情绪，哪怕之前是真实的轻松，此刻手指还是抖了一下，整个身体也似冰冷了很久一样，抑制不住地战栗。

她期待，对这一天满心期待了很久，她想着第一句是要说“嘿”还是“你好”。她紧张，不知道他会是什么态度，温和还是暴躁，是兴奋还是萎靡，他会喜欢自己吗？他不会讨厌自己吧？她没有定数，这些年的暗恋，仿佛是一场坚定又失败的渗透战役，没有铜墙铁壁，却在自身的囹圄里败下阵来，最后又卑鄙地领到这个战利品，用来凭吊或是慰藉自己……想到这里，她越发不知所措，不知该如何面对自己的内心与头脑所指挥的行为，她觉得自己站在了道德的对立面，又与懦弱同营，她在那一刹那，又伸手想关闭开关了。

可也就是在那一刹那，千般思绪翻涌过境，在一粒灰尘落下的瞬间，“盒子”开口说话了，不是“嘿”也不是“你好”，而是一句试探性的询问：“你是谁？”语气是被玩弄折腾疲惫后的小心翼翼。

你是谁？夏秋被问得愣住了，她要怎么回答这个最普通的询问？她不知道。是要说我现在是你的主人，还是说我是暗恋了你很久的人？要怎样回答才能打破这之于你却又不存在于我这边的陌生，才能不被你轻视也不被你感激，怎样回答才显得平等？

“你是夏秋吗？”“盒子”又试探地问道。

只这一句，夏秋的眼泪就差点儿落了下来。记得的还是听说的，真心的还是假意的，都不重要了，只要他知道，知道是比如何知道更重要的事情。

“是我。”夏秋的声音在抖动，这抖动透过话筒穿过连接线，再以电波的形式传入沈铎耳中后，在他听起来就带着几分心虚了。“真的是你吗？”沈铎不得不再次确认。

“是我。”这回夏秋的声音抖动得更加严重，甚至带着几分哭腔，“你还好吗？”一句最为普通的问候，却仿若隔着人世间的万水千山，也隔着无数的日夜更迭，更像与惦念了很久的老朋友重逢，想问的太多，又怕问得太多，怕不够热切，又怕过分热切。

这句话一问出，夏秋的情绪就再也控制不住了，她捂住脸颊，泪水顺着指缝涌了出来，像是初融的雪水，带着暖意和感慨，却仍旧冰冷，再说出的话也带了鼻音：“你记得我吗？”

“你哭啦？”沈铎是搞不懂的意外，这意外让他忘记了回答问题。“陈卓呢？”他体会不到夏秋那暗涌的情绪，他更想搞清楚现在的状况。

“他不在。”声音有些犹豫，“我把你领回来了。”夏秋也不知这算不算说了谎，却让沈铎在些许失落后一颗心放了下来，紧接着是成就感，他在“病房”里长舒了一口气，他终于安全了，终于死里逃生了。

可另一个问题，在苏醒过来，在得知自己被制作成记忆副本之后，一直困扰他的那个问题迅速袭来。他在和夏秋说了谢谢后，多少还带着几分尴尬和犹疑地问出了口：“那个，你为什么爱我？我不认识你啊！”

这个问题对夏秋来说也并不容易回答，它就像一个有多重解释的词，有时自己一口咬定的答案，却也会在三番五次确认后犹疑起来，她明白每个人对事物的感知都不相同，从而更加不能确信自己的量度，我感受到的就是爱吗？她总是这么问自己，没有过重复经验的她很难去自我确认，但她想要见到他、待在他身边的欲望却始终存在着，那感觉如同午后一场窗外有日光和风的昏睡。也如同在八月的田野里奔跑，自由、安心、雀跃，想与人述说。

她觉得这应该就是爱情。

时间如棋局，落子就有悔恨，如果可以早点儿收手，如果可以把每一根指针都往回拨，如果时光是一条跑道，此刻停下前进的脚步，转身，往回迈，跨过崎岖的路、层叠的山、冰封的河，树木在缩小，高楼沉入土地，年轻的面容重新稚嫩，回到故事的起点，那一刻人世间的万物都青翠得刚刚好。

夏秋此时就站在8岁的光景里，人生里的无知多过忧愁，学校举办演讲比赛，她坐在舞台下面看，穿着新买的粉色裙子，抖着腿咧嘴笑。老师说不能吃零食，她就把手里的瓜子攥得紧紧的，想着怎么也能抓住机会吃几个，这念头一直在心头绕，台上的演讲也就听不进去几句，只觉得没劲透了，要是谁能摔个大跟头还能好笑点儿。

她用眼神偷瞟坐在一旁的老师，老师看得倒是认真，瞌睡都打起来了还不闭上眼睛。她觉得这是个机会，把瓜子偷偷塞进嘴里一个，刚咬开皮，突然感觉椅子晃动，她回头瞪了一眼身后的同学，觉得是那人不老实在摇晃她的椅子，可老师和同学都猛地失了风度，一窝蜂地往外跑，高喊着："地震啦！地震啦！"夏秋才明白过来，这摇晃不是人为的，而是自然灾害，便也想跟在打瞌睡的老师身后跑，可裙子被夹在椅子缝隙间，拉不出来。她急得咧嘴想哭，东张西望想求援，人性在生死关头暴露得彻底，没人理她，她感受到了人生中第一次的绝望。

当夏秋准备咧开嘴放肆地号哭时，一个经过她身边的男同学嫌她挡路，便厌烦地推了她一把，夏秋感受到一股来自远古的力量，"啪叽"摔倒在了地上，瓜子撒了一地，男同学跨过她的身子跑了出去。夏秋的裙子扯破了，倒是挣脱开了，能跑了，来不及顾及疼痛的双腿，也管不了一地的瓜子，爬起来踉跄地跑出了礼堂。

夏秋跑出来后大地也安分了，她东转西转，寻找那个男同学的身影，想谢谢他，她觉得是他救了自己一命，爸爸教过她要感恩，虽然那次的地震只有 3 级，无人伤亡，最大的经济损失就是夏秋那条新买的裙子。

夏秋在当时没能找到男同学，却在放学的时候看到了他，他坐在自行车的后座，载着他的人应该是他的母亲。夏秋本已奔跑过去，想着说一声谢谢就走，可还有几米远的时候，她却被自己的父亲叫住，让她快跟自己回家，说一个小姑娘裙子都破了就别再乱跑了。夏秋一步三回头地走到父亲身边，被父亲抱上车子的后座，也就错过了最佳道谢的时机，人生的一切际遇都得往后推。

第二天夏秋在操场再次看到男同学，那道谢的冲动只剩下一点点，说了就会显得多余，她犹豫地看着男同学在踢足球，同伴们喊着让他快传球，她也就知道了他叫沈铎。她在一旁看了好久，球也没滚到她脚边，直到结束，男生们抱着球离去，她拖着双脚往回走，有种不明确的情绪在萦绕，只是 8 岁的她还不知道那叫失落。

一句无足轻重的道谢，像无形的绳索把夏秋和沈铎两个人捆绑在了一起，虽然是单方面的，另一个人全然不知，但从那以后，夏秋的世界里便多了一个人。这个人在她偶尔的思绪里，在她在操场寻找的目光里，在她偷偷跟踪三条街后的巷子里，在她年幼的日记里，这分量不重，却也见缝插针，在她渐渐变广的视野里，青春尘土飞扬的视线里，高楼破土而出，树木无声拔节，稚嫩的脸颊有了些许大人的模样，沈铎开始不喜欢系上衬衫的第二颗纽扣，一条腿撑住单车喝可乐的样子有了故意耍酷的嫌疑，夏秋才猛地发觉，一晃这么多年就过去了，她觉得自已是看着他长大的，在不远不近的距离里。可他们还是陌生人，他很多次从她身旁经过，还是陌生的目光，她感觉有些失落，青春的莫名忧伤已经懂得了如何蔓延。

高一时学校组织夏令营，集体坐火车去山区，人分散在车厢里，也就变得松散。夏秋挑了个靠窗的位置，戴着耳机听音乐，等火车缓慢地启动，开着的车窗就有风微凉地吹进来，吹着她年轻的头发。她用手顺了顺发梢，就看到车窗外沈铎在奔跑着追火车，斜挎的背包在身旁不规则地乱跳，沈铎把包拿下来，抬眼看了一下，目光和夏秋就对上了。他把包往车窗里一扔，说“同学帮我接一下”，包就已经落到了夏秋手中，挺沉的，等夏秋慌乱地把包放稳妥在对面的座位上，沈铎已经进到了车厢里，稍微寻找了一下，说了一句“谢谢你同学”，就坐到了夏秋的对面，没有再说话的征兆。

夏秋也没能说出一句话来，连“不用谢”都变成了点头，没来由的紧张一下子包裹住她，她甚至不敢去看沈铎，可又不受控制地想去看他。他的汗水打湿了发梢，他衬衫的第二颗纽扣开着，他打开了一罐可乐一口气喝光，可乐罐被捏瘪了跟随着火车摇晃，他没有看自己，只看着窗外。九月的天空有蓝色的风，有等待泛黄的田野，有屏息的万物。

夏秋耳机里的歌声也失了色，唱了千遍年少时的爱恋也不敌这细微的慌张，她看着他有汗水顺着脸颊流下来，悄悄地从口袋里拿出纸巾攥在手里，想着递给他，可胳膊太沉，怎么也抬不起来。她就那么一直攥着，想着他会冲自己要一张，直到火车到了站，他起身离去，她也没能等来。她看着他的背影，纸巾已经被手心的汗水浸湿，她把纸巾丢在地上，却捡起了他喝过的可乐的拉环，四下张望着揣进口袋里，生怕别人看到。她那时只觉得紧张得气都喘不匀了，只是还没看透，这么多年长久的注视，已潜移默化成了喜欢，在懵懂的岁月里，日夜滋长。

夏秋犹豫了很久把可乐拉环拿给父亲看，父亲笑着拿起吉他，在院子里弹，边弹边说他的小女儿长大了。他问夏秋，想让沈铎知道吗？夏秋摇头又点头，父亲说那你就去告诉他，结果是什么都不重要。他用人生的经验在教女儿不要留遗憾，夏秋那时并不懂，但也照着做了，可她不敢当面说，年少时人都欠缺勇气。

她伏在桌子上写了一夜的信，用信封装好，在清晨骑着车子跨过三条街来到沈铎家的巷子，她记得他家门前有信箱。她慢慢靠近，认为这么早，朝阳还没把露水收走，没人会发现她。一辆救护车却从身后驶来，超过她，发出的警报声把整个清晨都搅乱了，车子就停在沈铎家门前，夏秋看着沈铎的母亲被救护人员抬了出来，沈铎也跟着钻进了救护车。

救护车再次和夏秋擦肩而过，她把手里的信封装进书包里，掉转车头猛追救护车。迎着朝阳，她把一生的力气都用上，穿过渐渐复苏的街道，可前路漫漫，人生的凶险是她这个年纪的女生无法抵抗的。当她气喘吁吁地到达医院门前时，看到沈铎已经从医院大楼里走出来，呆呆地坐在台阶上，一脸的木然。

夏秋远远地看着沈铎，想靠过去询问一声“没事儿吧”，却看到沈铎突然抱住膝盖痛哭起来，无助得让人心疼，像个小孩子。

接着是几个大人拥过来把沈铎包围住，夏秋再次掉转车头，离开医院。这回她骑不动了，推着车子慢慢走着，她心里堵得慌，是对世事的难测，是心疼沈铎，是对自己感情的无处安放，是所有不好的预感汹涌而至，是突然的害怕，她走着走着，眼泪就落了下来。

从那以后，她好久都没再见到沈铎，这个好久是真的好久，如果说具体的时间，那是两年还要多一点儿。她去他的班级打听过，说他转学了，她去巷子里找过，发现换了住户。沈铎失去了他的母亲，她失去了关于他的线索，然后她也失去了自己的父亲。

命运翻云覆雨，有些事情总需要漫长的铺垫和起承转合，但有些事情却又潦草至极，像故事里的插曲，随便写写。

大学入学的前几日，夏秋在墓园埋葬了父亲。父亲一生洒脱，只留下一把吉他，她小心地收好，突然觉得自己在这个世界上孑然一身，孤零零的。生性不爱交际的她也没什么朋友，想了一圈，心里就空落落的，人生还能牵挂的也只剩沈铎这么一个人了。

生活有时也不尽是哀伤，若总是往深渊里滑落，谁又能忍耐住它的漫长？

夏秋感受到生活的再次垂青，是让她又遇到了沈铎。她在大学的校园里，远远地看到了那个更加挺拔的身影，看到了他脸上如秋光明媚，便知道他已经从多年前医院的台阶上站了起来。她久久地望着沈铎，像惦念了多年的老友，所有的年少岁月恍惚都回来了，她感觉身体里出现了一个早春的午后，温暖得想流眼泪。她想起了所有关于缘分的故事，个个都历尽千百事，兜兜转转，又峰回路转，柳暗花明，到这一刻剩下的只有懒得讲的好结局。

她明白，她都明白，她朝着沈铎走去，却看到他也朝着什么人走去，两人保持着不远不近的距离，一直到了画室门前。夏秋看到沈铎正盯着背着画板的女生不知所措，这个样子夏秋熟悉极了，在他身上她看到了自己当年的影子。那女生越走越近，沈铎却猛地躲进了花丛中，这个突然的举动把身后的夏秋也吓了一跳，条件反射地也躲到了树后面，然后她盯着沈铎，沈铎盯着背着画板的女生，女生的裙摆生生地划了过去。

夏秋猛地明白了，沈铎已经有了喜欢的女生，“一厢情愿”这个词就冒了出来，多年的暗恋再浩荡也只能收到这么一个评判。她在他的世界里，仍旧只占了一个陌生人的位置，而他一直在她的心上，可也远在天边。

夏秋转身背着明晃晃的日光离去，钻进一家小酒吧，要了第一杯酒。

人生到了可以借酒消愁的年龄，很多时刻似乎就没那么难熬了，不为长久的以后和宿醉的清晨考量，短暂的宽心和释然就总能轻易获取。

她在酒吧里坐了半个晚上，头绪也一直没能清晰起来，却慢慢且确切地做了个决定，那就是不向沈铎表白了。她怕了，怕得不到想要的结果，怕说了被拒绝。如果沈铎拒绝了，那就等于人生所有的过往都被否定了，人生的前路也没了光。她不想冒这个险，她已经看到了失败的征兆，人年少时缺少勇气，长大了却怕失去希望，她全都了然。

夏秋出了酒吧，夜风缓慢地吹，头顶的月亮还在圆着，不知人世已有了更改。

但更改不了的是沈铎还是逃不出夏秋的目光，夏秋也改不掉追随沈铎身影的习惯，说是决定了，说是不开口了，可心思还缓缓地跟着，说不清道不明的，像是真的一刀断了，会伤着谁似的。

沈铎的日子也变换得很快，他不再爱画板女，转而去进攻同是文学系的女神。夏秋看他换了一副打扮，黑框眼镜戴着，格子衬衫穿着，走路总夹着本书，俨然一个小文青。但夏秋认为他仍旧是没希望的，她眼睁睁看着那个文学系女神穿着爆乳装，亮着明晃晃的大腿从透过枝叶的细碎的阳光中走来，沈铎比上次勇敢，从树后面一个箭步蹿了过去，翻出皱皱巴巴的纸张给女神念聂鲁达的诗："我爱你，但不把你当成玫瑰，或黄宝石，或大火射出的康乃馨之箭。我爱你，像爱恋某些阴暗的事物，秘密地，介于阴影与灵魂之间。我爱你，把你当成永不开花……"

女神叼着根烟，不耐烦地一把抢过沈铎手中的诗："开花你妈啊！最恶心你们这帮酸了吧唧的文艺青年！"说着用烟头把那张纸烧出一个个窟窿。

沈铎结巴着说："你……你不是自己也写诗吗？"

女神说："写诗怎么啦？我他妈要不就去写诗，要不就去当妓女，我人生就这两大爱好！”女神说完把那张全是窟窿的纸塞进沈铎的口袋里，豪情壮志地走了，留下蒙了的沈铎站在原地，斜着眼看那些细碎的阳光。在阳光下面，树的后面，夏秋吹着口哨离去。

在那之后，夏秋眼里的沈铎变得有些莫名其妙，他不再苦苦地怯懦地追求女神，而是投进了兄弟的怀抱，整天和一群看上去就不太招人喜欢的男同学混在一起，又是学习，又是开会，还在大树下的草坪上拗造型，那形体看起来像舞蹈又像某种拳法，他们时不时会吸收一些新人进去，围成圆圈分享经验，一会儿哭一会儿笑一会儿喊口号，个个悲壮。

学校里都传他们成立了新社团，但夏秋怎么看都像是某种传销组织。她想进一步探清，试着去接触那些成员，绕着弯打听情况，好几次都被误认为搭讪，但每个成员却又都守口如瓶，大家如同终于找到了组织般，对社团忠诚又保持神秘。

人类的所有伟大都源于好奇心，越神秘越想了解，夏秋终究还是找到了突破口。

某个下午，沈铎和兄弟们开会时，夏秋扮作保洁阿姨混了进去，男生们的警觉性也很高，立马停止了话题讨论，黑板也迅速被擦干净，个个都虎视眈眈地盯着她，俨然一副革命会议害怕泄密的架势，这让夏秋隐隐感到不安，真怕他们在谋划什么惊天动地的大事儿。

她小心翼翼地把垃圾袋拿走，出了门口便飞奔回宿舍，在垃圾袋里翻出了一张简写着三个字母的纸，她一下子觉得完了，腿都有些软，想着没准儿是哪个国外神秘组织操控了沈铎。她打开电脑，颤抖着把字母输进去，P，U，A，回车键，网速有点儿慢，间隔了两秒后搜索结果弹了出来。夏秋松了口气，盯着“泡学网”那几个字，再想到沈铎他们那一张张苦大仇深的脸，她又无奈地想笑，把那张纸重新团起来丢进垃圾袋，又开始为自己感到可笑。

再后来，沈铎的小团体结束了理论学习的阶段，开始走上实践的道路，那些男生一个个像是咬断链子的狗一般，扑向全校的女生。有的成功，出师下山；有的失败，回炉再造。而沈铎是这批人里的佼佼者，是深得精髓的大师兄，是团队里的出头鸟，没有厄运，没被枪打，跑马灯一样拥着各种女生招摇过市，周身散发出尽是得胜者的骄傲与春风。

夏秋看着，想着，安慰自己，也好也好，我终于不再是他的唯一，他再也不用等我迈一万步到他身边给他爱情，他会幸福的，我只是有些难过，这幸福和我无关。

夏秋开始刻意地去谈一些恋爱，也会和人牵着手走在大街上，去吃几顿像样或不像样的晚餐，看一场电影，去短暂地旅行，看上去像所有普通的恋人一样，平平常常。但她心里却始终觉得不对劲儿，提不起兴致来，她不想知道那些男生的过往，也不愿和他们憧憬未来，她总觉得他们是从这个世界上突然冒出来的，带着所有的陌生和寒气强行匹配在她身边。她觉得这些忽然而至的都不是爱情，缺了些一道走来的昏黄的往事，缺了些古早的情怀，她和他们亲近不起来。

于是这些恋爱也就全部草草收场了，她一点儿都不遗憾，也不彷徨。转眼，毕业来临，她找了一份导游的工作，过着山山水水的生活，记忆每天被盛大的新鲜事物填满，也就不大能腾出空间去想沈铎。

她觉得，自己应该能够把他忘了。

可这个世界转来转去，在后来的几年间她又遇到了沈铎两次。一次是深夜回家的路上，远远看到一个男生背着个喝醉的女生，她想着这女生真幸福，喝醉酒了可以放心地睡觉，可又看那男生眼熟，不由得往前走了两步，心脏猛地跳动起来，她仓皇逃走，也就得知了沈铎还在这座城市的消息。她回到家后心情并没有很不好，也没有陷入往事的迷雾中，反而是有些小确幸，不管她想不想承认。

两个月前的海边旅行团，她和沈铎再次遇到，那次夏秋带的是个老年团，沈铎并不在里面。夏秋坐在礁石上，看着老人们在缓慢地嬉戏，每一个动作都像是升格的镜头，她想笑又觉得无聊，生命并不能永久地灵动，隐约有悲哀爬上心头。

那时日头正好，风缓慢地吹，夏秋昨夜走丢的睡眠又找了回来，她缓慢且不自知地闭上了眼睛，意识已在边际游走，她脑子里最后真实的画面是一个老大娘穿着红色高衩泳装在挖沙坑，一下一下抖动的身体，如催眠的老怀表般摇摆。夏秋能感觉到身体倒塌下去，但又控制不住，紧接着到来的是一阵冰凉和夹着海草的咸咸的窒息。

夏秋从礁石上滑落，掉进了海里，水并不深，但她挣扎着却站不起来，一定是还没彻底从睡梦中醒来。她甚至找不到方向，在某一刻差点儿就触碰到了绝望，但还没等这绝望清楚地到来，就有一双手抓住了她的胳膊，那双手的力量很大，如钳子般抓得她生疼，她像是件衣服般被拎了起来，水哗啦啦地洒落，她快被沥干了，也就清醒了过来，抹掉脸上的水，看清了救他的那个人。

这个人又是沈铎，夏秋当时愣在原地，这些年的记忆汹涌而至，怎么会是他？隔着快 20 年的时光，她又站在了 8 岁那年的地震里，又是他，再一次救了自己的性命。

夏秋在那一刹那是想要抱住沈铎的，想把这些年的事情全都告诉他，哪怕他听不懂，哪怕他一件也不记得，但她就是想说，就是想趴在他怀里大哭一场。这不是自己的一厢情愿，这也不是自己的异想天开，这不是巧合，这就是命运，她原本不信的，但谁能给她解释清楚？她也不需要解释，命运把她推到了现在这个隘口，她认了，她也不怕了，她不管什么肯定与否定，希望与失望，她只想听命运的指引。

可她这边的风起云涌沈铎都看不到也猜不着，只留下一句“小心点儿”便向远处走去。天空此时似乎更了解夏秋，卷起乌云和海浪，旅行团的老人们不理解夏秋，大呼小叫地让她带他们离开海边，穿红色高衩泳装的老大娘嗓门儿最大。

夏秋领着老人们找地方避雨，自己的眼泪却控制不住地往下流，大雨没有丝毫犹豫地落下，淋得夏秋又冷又痛快。她想趁着这场雨尽情地哭一场，哭完转身就表白，可眼泪还没流完，语言也还没组织清晰，穿红色高衩泳装的老大娘却滑倒了，摔在一块石头上，摔得结结实实，鲜血直流，嗷嗷直叫，看样子得送医院。让这夏秋等待了多年的表白又不得不往后推迟，满眼只剩下老大娘扭曲的脸颊，像极了一个隐喻。

但该来的总是会来，夏秋一直这么坚信着，回到城市后她辗转打听了一圈，从老同学那里要到了沈铎的电话和住址。她来到沈铎住处的楼下，想着打了电话就奔上楼，不给他推托的机会。这电话只是给他一个爱情即将到来的心理准备，免得他觉得突兀，还需要站在她面前表演心理过程，她通通都不想看到，她一刻的犹豫都不想再有。

可夏秋的电话还没拨出去，沈铎却先下楼了，有那么一瞬夏秋以为是心灵感应把他催了下来，但只是一瞬，这念头就成了笑谈。她看着沈铎拦了一辆出租车，看都没有看自己一眼便离去了。夏秋不慌不忙，开着车跟了上去，又是跟踪，老套路，却丝毫不再胆怯，如同漫长的马拉松比赛，路途中疲了、累了、倦了、厌了，但看到终点了，心也就不慌了。

穿过半个城市，越过黄昏，沈铎进了一家酒吧，夏秋跟了进去，却看到沈铎在和别的女生聊天，聊着聊着又像是在调情，她犹豫了一下，想退缩，但又觉得自己千难万阻都过来了，这点儿小门槛不算什么，只是今天可能不是表白的好时机。她又挣扎了片刻，又三分心酸一分气恼地走出了酒吧，却还是觉得自己懦弱，透过玻璃窗看到自己的打扮，或许还需要几分自信，她便走进了附近的理发店，做了一个新的发型，拒绝了办卡的推销，又走回了酒吧。

她在酒吧喝了三杯酒，第一杯是解渴，第二杯是消愁，第三杯是打气。一切准备妥当，她挺着胸脯向沈铎走去，只经过几个舞女，却生出穿越汹涌人潮走向他的感怀，眼看就要到他面前，沈铎却拉着另一个女生走出了酒吧。

夏秋没多想便追了出去，看到沈铎和那个女生在路边纠缠，有点儿你侬我侬的味道。夏秋想冲过去把那个女生撵走，她今天豁出去了，想着冲过去第一句话就骂“贱货滚开”，第二句就说“沈铎我爱你”。可还没等她气势汹汹地靠近，那个女生却先跑了，真是胆小鬼。

夏秋想着这真是天注定，这下没有任何犹豫的借口了，她三步并作两步冲向沈铎，冲向她这些年苦苦追寻的宿命，可沈铎却突然迈开步子去追那个女生，夏秋想：“哼！你逃不了了，天涯海角也别想逃。”她脚下生风地迈上马路，追上去，看到沈铎拉住了那个女生，两个人几句利落的对话，女生抛下沈铎离开了。沈铎在原地愣了一会儿，夏秋看到他眼中有了叫作忧伤的东西，明白他在生活中吃了败仗。她想靠过去，可就是迈不动步子，“我爱你”在这时说出口太不合时宜，太廉价，太虚情，太像是刻意的安慰，和快 20 年的时光不匹配。就在她犹豫之际，沈铎上了一辆出租车离开，她还记得那尾号，65760，那就是她见到沈铎的最后一面。

天空没有流星划过，大树没有叶子落下，店铺里也没传出应景的歌曲，一切都很平常。

夏秋的故事讲完了。她现在还留着当年那封没有投出的信，她翻出来打开信封，先滑出的是个可乐拉环，接着展开信纸，只有两个字：谢谢。笔笔用力。

沈铎对于爱情有了新的认知，原来它并不绝对是两个人的事情，一个人也可以轰轰烈烈，也可以岁月绵长，也可以演绎出所有的起承转合，且刻骨铭心。但他又并不觉得这很伟大，当他听完夏秋的全部讲述后他确实被感动了，可更多的却是心酸的成分，或者说心疼。夏秋的故事让他惭愧，她讲出的这么漫长又曲折的事件，自己就算是在记忆中寻找她时，都不曾想起丝毫关于她的情节，他想要抱抱夏秋，给她些安慰。

可这话一说出来就少了分量，很多事情都是如此，做和说是泾渭分明的两件事儿，言语经过语调和领会的分解后会很容易走入歧途，不如行动来得精准且不容置疑，所以当夏秋听到这话后，竟“扑哧”一声笑了。

“你拿什么抱啊？”夏秋随口问道，本是调情的味道，到了沈铎那里却变成了触及软肋，自己已经没有了肉体这个现实，再一次被搬到了眼前。“我……我……对不起。”沈铎的声音低落了下来。夏秋也感受到了这份低落，同时意识到自己说错了话，急忙补救：“是我对不起你，我不该乱说话的，我没有恶意，我只是还没习惯和不是真正的人说话，你知道的，这和网络聊天是不一样的……”夏秋说得越多错得越多，着急解释又不知该如何解释，她抓着头发又去摸“盒子”，想像对待小动物似的给予安慰，又发现这些通通都不得要领。她又想要拔掉“盒子”的电源让自己冷静下来，可这样做也不对，她满脸通红地从椅子上站起来，跑出了门外。

沈铎听到一系列乱七八糟的声音，猜也猜到了夏秋的手忙脚乱，他“哎！哎！”叫了几声，想告诉夏秋别慌，自己是不在意的，可又听到了跑出去的脚步声，想象了一下夏秋无地自容跑出门外的样子，不由得笑了好一阵儿。

过了好一阵儿夏秋才回来，抱着一大袋零食和一瓶酒，她先猛灌了两口酒给自己增加些勇气，然后才怯怯而又直白地向沈铎问道：“那个，我刚才说了那么多了，你怎么也得表个态啊。”

“表什么态？”沈铎一时脑子没转过来。

“就是……就是你要不要和我谈恋爱啊？”夏秋又灌了一口酒，紧张地抱着瓶子，死死盯着“盒子”。

“嗯，这个……”沈铎面露难色，四面白色的墙，没有一丝浪漫氛围。

“等一下，你等一下再说！”夏秋背过身去，不看“盒子”，深吸了一口气，“现在，你说吧。”

“你能先回答我两个问题吗？”沈铎心里还有些困惑。

“你问吧。”夏秋又喝了一口酒，微微侧着头在听。

“你真的想好了要和一个没有身体的人谈恋爱吗？这个人只能陪你说话，别的什么也做不了。”沈铎说着自己都觉得悲哀。

“我愿意，我等了这么多年了，现在的状况总比之前要好吧？”夏秋回答得很干脆。

“好，第二个问题是，你把我制作成记忆副本这件事儿我理解，但为什么后来一直犹豫着没有去领回来？”沈铎对于这件事儿，或多或少还是有一些心结。

“不是我把你制作成记忆副本的啊！”夏秋的语调有所升高，在沈铎听来是会错了意，他把话说得更明晰了些：“对，不是你制作的，但你是委托人吧？”

“什么委托人？我没委托啊！我是在拍卖会上把你拍下来的，你可不知道你有多贵，光是一半儿的定金就用光了我所有积蓄，我一直凑不出另一半儿尾款，所以才没去把你领回来。”夏秋的话里带着些小俏皮，稀释了金钱的沉重感，沈铎却听得全是疑惑。

“什么拍卖会？我为什么会被拍卖？夏秋，你说得详细点儿，我是怎么死的，你还知道些什么？”沈铎就快忘掉的疑虑，觉得已不重要的死因，在这一刻又都焦头烂额地找了回来。

“你好像是因为心脏骤停，就是那天晚上我跟踪你之后，隔了一天我又去你家楼下等着偶遇你，然后就看到警察和法医把你从家里抬了出来，我哭着追了一路警车。到了警察局，我说我是你的女朋友，可是又没证据，后来警察局又是调查又是登报的，都没人来认领你的尸体。你人缘也是够差的了，我就又找去了，这回警察同意了，但我和你的关系那栏，填的是朋友，你到死都没让我成为你的女朋友，假装一下都不行。之后我就把你送到殡仪馆火化了，你的骨灰盒现在还在殡仪馆里。”夏秋说到这里，突然停顿了下来，被某些突降的忧伤笼罩着，整个人蜷缩在椅子上。那些真实的过往还没过去太久，一被回忆侵袭，还是觉得难受。

“我没有心脏方面的疾病啊？”沈铎满是疑惑。

“警察就是这么和我说的。”夏秋也解释不了沈铎的疑惑。

“那后来呢？拍卖会是怎么回事儿？”沈铎放下刚刚的疑惑，又接着问道。

“后来啊……”夏秋调整了下坐姿，像是恢复了些勇气，接着说道，“后来有一天我突然收到一封邮件，询问我有没有兴趣购买‘恋爱型记忆副本’，我根本没听说过记忆副本这东西，但是邮件里有详细的解释，说记忆副本相对于人工智能更加真实，因为就是复制的真人大脑等等，又介绍这款‘恋爱型记忆副本’的大脑来自一个很厉害的泡妞儿达人，会各种恋爱技巧，保证让你体会到比普通人更多的恋爱乐趣，我一下子就想到你了，就给他们回复了一封邮件，问能否看看脸，我这人主要看颜值。对方倒也不介意，给我发来了一张照片，就是你在培训机构的那张宣传照，我一下子就蒙了，但也一下子就决定要把你买回来了，就去了那个拍卖会。那个拍卖会特别奇怪，每个入场的人都得戴着面具，谁都认不出来谁，你都不知道你有多受欢迎，好多人频频举牌，我是牌子一直都没落下来，才拍到你的！”

“这么说你并没有做过委托，那陈卓为什么告诉我是你委托他们公司把我做成记忆副本的？”沈铎越想越糊涂。

“陈卓是个骗子，不能相信他说的话，他利用你追的人就是我，你明明已经找到我了，他也不告诉我。”这些都是夏秋从艾柠那儿听来的。

“你怎么知道这些？”沈铎彻底搞不清了。

“是陈卓的同事艾柠告诉我的。”

“艾柠和陈卓是同事？”沈铎几乎惊呼起来。

“你认识艾柠？”这回换作夏秋惊讶了。

“艾柠就是我临死之前在酒吧门前追的那个人。”沈铎想在这之间找些关联。

“哦！怪不得我看她那么眼熟，我取回你的尾款还是她借给我的，她是不是对你还有感情啊？”夏秋想到的是另一个层面。

“我不知道，应该没有吧，我脑子现在很乱。”沈铎坐在“病房”的床上，用力揉着脑袋。

“你也别多想了，事情已经这样了，那些搞不懂的我们就不去弄懂了，等我把艾柠的钱还上，我们就和他们再也没有瓜葛了。”夏秋既是在安慰沈铎，也是真心这么觉得。

“可是我还是想弄明白，我为什么会被制作成记忆副本。”沈铎声音低沉，因着低沉让人心疼又无奈。

“你之前有没有签过什么器官捐献的文件？”当夏秋接到那封邮件时，她就曾这么想过。

“没有。”沈铎说得斩钉截铁。

“那等我有机会去问问艾柠吧，她应该比我们知道的更多。”夏秋目前只有这个办法了。

“那就麻烦你了。”沈铎说得很客气。夏秋犹豫了一下，还是问出了那个最关心的问题：“那……你还要不要和我谈恋爱啊？”

沈铎也沉思了一下，回答道：“我必须现在就回答吗？我很感谢你把我买了回来，但要我现在就答应你，这对我来说有些困难，再给我一些时间好不好？”

“我明白，我不会逼你的，我可以等。”夏秋微笑着说道，有阳光落了进来，一大片明亮，夏秋没来由地觉得暖。

沈铎躺在床上，看着四面墙，陷入长久的忧思。

Lost in the Memory

8.

那时天空晴朗，她也并没有释怀，

只是把世间的事更看透了一些，所有的江河都会入海，

这是最正常的事情。她没有把对周晨的爱放下，

只是坚定着要带着爱他的回忆，好好地活下去。

艾柠转到技术部后就坐在陈卓的位置，她把桌子清理了一遍，这才面露舒心地坐下。这时经理走过来，看着已经摆出准备开始新工作架势的艾柠，递给她一个U盘状的电子狗："好好保管，别弄丢了。"经理说完便离开，但目光里也满是期许。

艾柠接过电子狗，它很小很普通，但艾柠知道它的重要性，没有它，所有拍卖人的信息都查不到。艾柠并不想表现得很急躁的样子，随意地吹了吹口哨，又去给自己泡了杯咖啡，才把电子狗插在了电脑上。然后她抿了一口咖啡，有些苦，电脑上的资料便显现了出来，很长，名字很多。她握着鼠标的手有些颤抖，把表格往下拉，一直拉到三年前，却一直没有找到要找的名字。那些名字大多一眼就能看出是化名，她的目标就变得涣散且庞大。她思考了一下，又把搜索目标缩小，锁定在记忆副本上面，在三年前一共有三个创作型副本被卖出，她记下了三个购买者的联系方式。

艾柠拿着联系方式，躲到洗手间，第一个拨过去是空号，第二个已经关机，到第三个电话终于接通了。她紧张得口干舌燥，努力咽了咽唾沫才开口道："请问您是齐邦先生吗？"对方很干脆利落地回问："你是谁？"只是这三个字，艾柠便知道自己找对人了，这声音她最近每天都在听。齐邦是个作家，艾柠近来一直把他的新书带在身边，翻来覆去地看，又把他以前的书都找了出来。这本新书风格和以前很不一样，更像是另一个人写的，艾柠看得心惊肉跳，很想见见这个作者。但是作者深居简出，艾柠只知道他和自己在一个城市，可找不到联系方式，她就把他的各种访谈翻看了一遍，所以这声音她非常熟，只三个字便一下子就抓住了。

"齐邦先生您好，我是快递公司的，有您一个快递，但是地址模糊了，请问给您送到哪里？"艾柠说得满是不耐烦，她回想自己接到的快递员电话也都这样，并不热情。

看来这招见效了，对方没有怀疑，很利落地报了一个地址，艾柠记下了，挂了电话后，她靠在洗手间的隔板上，用力地呼吸了很多次才平复了心境，她又很想笑，觉得自己运气还不差。她回到办公室，弄了一个空的小纸箱子，用胶带封上，远远看上去倒像是个快递盒子，艾柠就带着它走出了公司。

日光明晃晃，都是明亮的征兆，艾柠来到作家给的地址，是一栋很普通的公寓，不用刷门卡便可进入。她找到门牌号，敲了敲门，却没人来开，她想着作家可能睡着了，写作者的作息总是不确定的。她又使劲儿敲了敲，持续性的声音应该会醒的，但还是没人开，她就又拨通了电话，电话倒是接得快，作家说自己出去了，快递就放在物业吧。艾柠答应着说好，挂了电话却坐在门前，她要等一等，多久都等。

作家是深夜才回来的，醉醺醺的，满身酒气。艾柠那时已经在门前坐着睡着了，被沉重的脚步声惊醒，猛地站起身，把低头找钥匙的作家吓了一跳。

“你是……”作家长得高瘦，普普通通，因酒醉看起来很随和，没什么侵略性。

“我是您的读者。”已经不能再说是送快递的，艾柠迅速从包里掏出那本翻了又翻的书，很虔诚地递过去，心里寻思着下一步该怎么做。

“烦。”作家露出一丝不耐烦，但也含着些骄傲，“要签名是不是？”作家摸遍了全身，“你有笔吗？”

这是一个契机，艾柠包里是有笔的，但她说没有。

“没有笔那就算了。”作家已经拿出了钥匙，也并没有撵艾柠走，他拿钥匙对了几次锁孔，都没对准。艾柠伸手帮他，他并没有拒绝，这对艾柠来说就是邀请。

门开了，艾柠却先冲了进去。

“哎！哎！你干什么？”作家很是意外，艾柠不理，进去稍微辨别了一下格局，便直奔书房，一眼便看到了书桌上的盒子。那盒子比现在的记忆副本要大一些，三年前的技术还没如今先进。艾柠冲过去便要把盒子抱走，但这时作家已经冲了过来，推了艾柠一把，酒醉的人手下没有分寸，艾柠整个身子撞在了墙上，脑袋“嗡”的一声，眩晕随之蔓延开来。

“你要干什么？！”作家的声音还在回荡，但里面只有厌烦，他或许还没弄清状况，只觉得艾柠是个狂热的粉丝。但下一刻，他晃了晃脑袋，获得短暂的清醒。“你到底是谁？”他凶狠地问道。

艾柠捂着头，摇摇晃晃。“告诉我！你快告诉我！”她在尽力组织语言，“那个到底是谁的？”她指着记忆副本，又要上前去抓，作家却把记忆副本抱在了怀里：“你别碰我的东西！”

“求你了，告诉我，那个记忆副本到底是谁的记忆？”艾柠在祈求。

“什么记忆副本？你说什么我听不懂！”作家眼里闪过一丝惶恐，“你快点儿走吧，再不走我要报警了！”

“你骗不了我！我是记忆副本公司的，这个就是记忆副本，你就是靠它才写出新书的！”艾柠看到作家的表情有了些被揭穿的讶异，

“你放心，我不会告诉别人的，我们冷静一下，好好谈谈。”艾柠拉了一把椅子过来，示意作家坐下。

“你别在这儿胡说八道！我写新书没靠任何东西帮忙！”作家并没有坐下，而是慢慢往门口挪步子，艾柠一个箭步冲过去，把门关上并反锁上了。

“我没有胡说，你书里的很多句子都是别人的！第 3 页的第 18 行是，第 15 页的第 6 行也是，第 40 页的第 1 句也是，这些句子都是我的，都是他写给我的！”艾柠猛地大哭起来，作家看着艾柠的眼神，从疑惑已变成了了然，他站在原地，一时不知该说些什么。

“求你了，你告诉我是不是他，这个记忆是不是周晨的？”艾柠说着又慢慢地靠近作家，作家却一点点地后退。

“你让我和他说说话行吗，我真的好想他！”艾柠苦苦哀求，作家却慢慢地摇头，露出越来越坚定的眼神，他在艾柠又扑上来的刹那，猛地把记忆副本摔在了地上，又拿起椅子疯狂地砸在上面。

“不要啊！”艾柠扑过去，抱住作家的身子，却被他甩开。艾柠又去护记忆副本，但已经晚了，记忆副本被砸碎在了地板上，一堆零件，全都四分五裂，但艾柠知道还有救，只要拿到最重要的芯片就有救，她趴在地板上寻找，像疯狗觅食一般，嘟囔着：“在哪儿呢？在哪儿呢？”眼泪落在了地板上，颗颗铿锵有声。

“别找了，在这儿呢。”作家俯身在脚边捡起一枚芯片，在两指间亮给艾柠看。

“给我，快给我，我什么条件都答应你。”艾柠伸出双手。

“我不会给你的，这件事儿要是让别人知道，我就完了。”作家的拇指和食指在慢慢发力，芯片开始弯曲。

“我不会和别人说的，我发誓，我保证，打死我都不会说的。”艾柠几乎要跪了下来。

“如果我是一个杀人犯的话，这就是置我于死地的证据，你觉得我会冒这个险吗？再说我为什么要相信一个陌生人呢？我要是把这个给你了，我接下来一辈子都会活在惶恐中。”作家的手指想要再用力些，可是芯片太硬，他微微皱了皱眉头，把芯片换在了两手之间。

“我不是陌生人，我是周晨的女朋友，我没有理由害你的！我会感谢你的！求你了，求你别杀了他！”这在艾柠眼里，已经是一场谋杀了，作家捏着芯片的一双手，就是扼住周晨喉咙的铁钳。

“别说得他像一个真人似的，他对我来说就是一个机器，一个写作的工具，我对他没感情的。”作家说着轻巧地一掰，芯片折成了两段，“好了，现在我可以告诉你了，这个记忆副本的记忆，就是来自一个叫作周晨的人。”作家说着笑了笑，“你可以走了。”

艾柠却一下子无法动弹，她在芯片被折断的一瞬间，听到了骨骼断裂的声响，仿佛看到了周晨痛苦的表情，他眼睁睁地看着她，埋怨她为何不救自己。她在这一刻没有感受到更大的悲伤降临，泪水也干在了脸颊，她也并不觉得愤怒，她只是更多地感受到失落，漫长夜路般的静寂。她听着作家的话，缓缓往门前拖着脚步，一步，两步，在第三步和第四步之间，她经过了餐桌旁，看到了摆在桌上的水果刀。她没有丝毫犹豫地拿了起来，转身插进了作家的胸口，比电视里看到的要艰难一些，她的手由于力道不足被划伤了，但她感受不到痛，血流出来了也不痛，她再用力往里按了按，刀柄就悬在了作家的胸前。作家低头看了看刀柄，张大嘴巴想要呼喊，想要说些什么，但是开合了几下都没能发出声音，随之俯身倒在了地上，“咣当”一声，刀柄插得更深了。

深夜用它绵长的拥抱包裹住所有的黑暗，街灯是要刺破不刺破的光，艾柠缓慢地走在下面，竟也感觉分得了一丝温暖。她并没有感觉到怕，只是身体有些发软，如春日午后漫长昏睡后醒来，一切都陷在混沌和恍惚中，如果有毛茸茸的柳絮飘到脖颈，她是会无意识地笑的。

她想起周晨曾说过她笑起来像天上一些会飘的云，她知道他爱她，这话就概括了全部。她也爱他，像爱一棵大树，走过去就想抱一抱，靠过去，就是一个午觉。他们的爱情，是艾柠心中最理想的爱情，不过多给予也不过多索取，是万分的确认，连不小心的怀疑都会产生自责。

周晨的理想是当一名作家，他已经在一些小杂志上发表过一些文章，他整日沉浸在写作中，剩下的时间都留给了艾柠。艾柠也不觉得委屈，那些细碎零散的时间，也能拼凑出一片风景，也都如珍珠般颗颗珍贵。她平庸里虚度的时间和偶尔兴起时的趣味，都能从他那里换来想要的回应。

她做一次饭，他多吃一碗；她读一本书，他陪着探讨；她莫名地难过，他在她手掌写下“我爱你”；她不想睡的夜晚，他和她分享一杯酒、一首歌；他给她朗读自己刚写下的字句，有些话是写给她的。他说情侣间最好的情话不是“我想你，我爱你，我养你”，而是当两个人走过漫长的岁月后，临死前的一句“谢谢你”。他说大江东去，皓月千里，长林丰草，春深似海，都不偏爱，世事如风，唯独你。他说睡吧，睡吧，明天不用再上路，卸下帐篷和炊具，睡吧睡吧，放下疲惫和不安，有我在身旁，哪里都是家……

艾柠想生一个孩子，只为生活中多些情趣。她想要一次旅行，漫长到只属于两个人。她想要一直在他身边，不管岁月糟粕，山高水远。她以为，这样的日子就是天荒地老。

他一日夜晚归来，异乎寻常地开心，如乡村里捕到红蜻蜓的孩子。他按下音响，拉着她跳舞，在忧伤的旋律里转圈圈。他第一次和她说起了以后，很多很多的以后，海边的小屋，山谷里的浓雾，春江水上的扁舟，老家门前的槐树，异国草原上的星空，每个场景里都有她。把绵长的岁月切割成细小的段落，每一段里都是良辰。

他告诉她有出版社联系他了，要给他出第一本小说，她看着他眼睛里，有星光在闪烁，她把头靠在他的肩膀，也把一生都看得通透。那歌曲的旋律，占领了一整个屋子，却怎么也钻不进艾柠的心房，她一颗饱满的心，都属于周晨，她蔑视所有说爱情艰难的箴言，为何自己一下子就找到了所爱？

那时她还不知这属于幸运，漫山遍野的花被一缕春风同时拂开，也会被一阵秋风一并扫落。所以当她在某天突然接到周晨的死讯时，她觉得命运在胡闹，她看着街上有年轻的情侣牵着手走过，忽然明白，感觉幸运的人是因为有人在承担着你的不幸。

周晨是溺水身亡的，警局调查了一番，给出的结论是自杀或意外。艾柠在太平间见到了周晨的尸体，被水泡得已经浮肿，奇怪的是她竟没有哭，而是出奇地冷静，有条不紊地办理完了所有的手续，又把尸体送去火化，将骨灰盒埋入墓园，再把家里周晨的衣物收进箱子里，捐给慈善机构，剩下的日子照常过，只是偶尔觉得冷清。然后在一个周末，她在收拾屋子的时候，打开了好久不用的音响，里面飘出那晚和周晨跳舞时的歌曲，那是一首很老的曲子，有浓重的年代感，仿若推开了一扇通往过去的门。“为什么要对你掉眼泪，你难道不明白是为了爱，要不是有情人跟我要分开，我的眼泪不会掉下来，掉下来……”艾柠突然蹲在地上痛哭起来。

之后艾柠病了一个月，整个人瘦了一大圈，原来的工作也丢了。她病好后还整天躲在家里，把日子过得颓败，认为人生的一切都是无意义的。可当房东上门来收房租时，她却不得不问自己一个问题，到底还要不要活在这个世界上？得到的答案不是肯定的，但更偏于肯定，于是她洗了个澡出门，理了一个利落的短发，开始找工作。

当她接到记忆副本公司的录用通知时，她笑了，那时天空晴朗，她也并没有释怀，只是把世间的事更看透了一些，所有的江河都会入海，这是最正常的事情。她没有把对周晨的爱放下，只是坚定着要带着爱他的回忆，好好地活下去。

记忆翻滚，汹涌着不愿平息，每每系统地回忆这一遭，都要耗尽艾柠全部的力气。她靠在一盏路灯下，摸索着想要抽一根烟，却只摸出一个空瘪的烟盒。她环顾四周，没有捕捉到一家便利店，才发觉自己走到了一处完全陌生的地方，走了多久她不知道，方向她不知道，头顶没有星星，天是阴霾，她盯着远处的一片霓虹走去，那里看起来满是烟火气，角落里隐藏着一家酒吧，她刚要推门走进去，却被走出来的人撞了个满怀。

“对不起，对不起。”撞他的男人低着头道歉，抬起头却变成了一副厌恶的表情，艾柠也就看到了陈卓的脸。

“哟！好巧啊！讨好老板得到奖金啦？来买醉啊？怎么也没人陪你呢？是不是身边的朋友都被你出卖光了？”陈卓明显是喝了很多酒，但还没到失去理智的程度。

艾柠不理他，径直地往里面走，却被陈卓一只手拦住了。

“别不说话啊！理亏啊？那你觉得你是不是该和我说声抱歉？你说啊，你说了我就原谅你，我这人特别善良。”陈卓摆出一副无赖的样子。

“好，我向你道歉。”艾柠抬眼盯着陈卓的眼睛，“这样可以了吧？”

陈卓在艾柠的目光中捕捉到了一丝疲惫。“不够真心。”他却继续纠缠。

“别上我这儿来找真心，我没心情陪你玩儿。”艾柠板起面孔。

“哟！生气啦？怎么说也是同事一场，这么点儿玩笑都开不起？以后怎么在公司里面往上爬？”陈卓嬉皮笑脸的样子。

“陈卓，你这样让我特别瞧不起，从头到脚一副 loser 的样子。”艾柠突然觉得这一切都没劲透了，转身要离开。

“但我至少不会踩着别人的肩膀往上爬！”陈卓却一把又拉住了艾柠。

艾柠挣脱不掉陈卓的手，深呼吸了一口气：“陈卓，你想不想知道我为什么出卖你？整件事儿比你想的要复杂得多。”

陈卓从艾柠的眼神中看出了认真，他缓缓地松开了手，用力地点了点头。

“那你请我喝一杯我就告诉你。”艾柠说着走进了酒吧，她知道陈卓肯定会跟进来，陈卓也没有让她失望。

两人在酒吧靠窗的角落坐下，艾柠喝光了面前的一杯酒，也把事情讲了个大概。她在咖啡馆第一次见陈卓那天，看的那本书就是齐邦的，她刚买来翻了几页，就觉得语感熟悉，而且里面的很多句子，都是周晨当年读给她的。她急忙去翻找齐邦的资料，在某段视频采访里，齐邦的朋友说齐邦得到了一个神奇的盒子，所以写作有了突破。当时齐邦开玩笑把话题岔了过去，主持人和观众也就忽略了这个信息，但艾柠却捕捉到了苗头，周晨被做成了记忆副本，这是她产生怀疑的源头。她想要找到齐邦确认，却始终找不到联系方式，于是她那天才会问陈卓，技术部是不是有所有委托者的资料，她在陈卓那里得到了肯定的答案，便一直谋划着如何得到看到这些资料。恰巧陈卓给了她机会，她管不了那么多，或许还有更好的办法，但她等不及了，必须下手了。

陈卓听完整个人傻在艾柠面前，他理解了艾柠出卖自己的缘由，却有更多的疑问在脑子里轰然降落。“你等等，我捋一捋，你说公司制作记忆副本其实并没有委托人，而是购买者？那我们技术部全被骗了？”

艾柠点了点头。“所以我那时才会和你说‘真爱之声’这个发明很可笑，领导同意你去搞试验，也只不过是怕引起不必要的怀疑。”艾柠停顿了一下道，“这些事儿只有公司上层和提取部的核心人员以及业务部的核心人员才知道，我也是近半年才接触到的。我当年被录用的时候只是一个小业务员，负责筛选一些有特殊才华的人。”

“筛选这些人干什么？”陈卓还是一知半解。

“我以前不知道，后来才明白，就是筛选出可以被做成记忆副本的人，我近半年来做的事情就是和这些筛选出来的人深入接触，确认可以后便通知公司，他们便会被制作成记忆副本。”艾柠说得冷静，但陈卓却听得直冒冷汗。

“等等，确定完就会被制作成记忆副本，那他们怎么会都那么巧就死了？”陈卓话刚说到这儿，便看到艾柠目光中的镇定，他突然意识到自己太天真了，“他们都是被害死的？”他差点儿从椅子上跳起来，“这根本就是谋杀啊！”陈卓说完意识到自己声音太大，急忙捂住了嘴巴，又把杯子里的酒干掉，才勉强在椅子上坐稳。

艾柠冲服务生招了招手，示意再要两杯酒。“所以说，你离开公司并不是一件值得难过的事情。”

“这么说，沈铎就是你害死的？”陈卓难以置信地看着艾柠，他的脊背冰凉，如灌了深秋的风。

“不是我也会有其他人的。”艾柠一直以来都是这么安慰自己。

“你就一点儿都不觉得愧疚吗？”陈卓努力探寻着艾柠心中的善意。

“我只是一个确认者，执行的又不是我，我有什么好愧疚的？”艾柠回答道。

“那你也可以不确认啊！”陈卓还是不放弃。

“那也只能说是我没有去救一个人，但这并不等于我杀了一个人，造成所有错误的不是我，也不是执行者，而是公司，它是这一切的幕后操控者。”服务生把酒送来，艾柠拿起喝了一杯。

“你为什么不报警？”

“报警没用的，什么叫相互勾结你明白吗？你别总把这世界想得太简单，没有什么非黑即白的，我们都活在灰色地带。”艾柠冲陈卓伸了伸手，“给我一根烟吧。”陈卓从兜里摸出烟来，递给艾柠，看着艾柠点起打火机，火光映着她的脸，陈卓竟生出满身的无力感，他接过打火机，自己也点了一根烟。

“其实也挺可笑的。”艾柠吐出一口烟说道，“我竟然给害死自己男朋友的公司工作了好几年，还忠心耿耿的。”艾柠说着眼眶就有些泛红，“他要是知道一定恨死我了吧？”

“那你接下来打算怎么办？辞职？”陈卓看着艾柠泛红的眼眶，问话也变得小心翼翼起来，他现在也搞不清自己的心境，对艾柠是敌视还是心疼更多一些。

艾柠听了陈卓的话却只是淡淡地一笑：“你别总把事情想得那么简单。”

陈卓不解地看着艾柠，艾柠就又吐出了一口烟：“你可以想得简单粗暴一点儿。”

陈卓大概想到了什么，但他没再开口，那夜也就饱满得容不下其他，两人相对无言地坐了很久，都在谋划自己的心事。在离开之前，艾柠对陈卓说：“你如果再见到夏秋，就告诉她一声，欠我的钱不用还了。”

“这算是补偿吗？”陈卓问道。

“不算，我不欠任何人的，在周晨死后，我对谁都没有感情了。”艾柠说着走出了酒吧，陈卓也走了出去，夜已经非常深了，有初秋微凉的风拂在胸口。陈卓看着艾柠的背影在路灯下走了几步又转回头，冲陈卓说：“今晚谢谢你，再见啦。”这场景像极了诀别，陈卓却也只是冲她挥了挥手，连一个微笑都忘了给。

三天后，两条新闻在城市里造成了轰动，一是著名作家齐邦在家里被杀害；二是记忆副本公司发生了爆炸，当时全体高层在会议室里开会，无一人生还。陈卓知道这两件事儿都是艾柠干的，他甚至都能想到会议室发生爆炸时，艾柠背对着漫天的火光，迈着豪迈的步子，脸上带着微笑离开的样子，原来这就是她所说的简单粗暴。新闻里说凶手目前还没能确认，陈卓也不知道该不该期望艾柠被抓到，倒是生出了些许感慨。每个人生存在这个世界上，都是抱着一些执念，或心酸或勇敢地往下走，自己似乎也该走向人生的下一个阶段了，或是开始一份新的工作，或是再找一个人来爱。前路漫漫，总得找一些事情来消磨时间。

他这么想着，便不由得又想起了夏秋，还是有些无法释怀。他知道还差点儿什么，差那么一点儿就能放下，这一点儿是一句道歉还是一个解释都不重要，重要的是他想要和夏秋再见一面。上一次离别太匆匆，太狼狈，他想要正式一点儿的道别，好的坏的都行，他只是需要一些仪式感，就能让他从失恋中走出来，虽然还会放不下，可也能学会珍重。

于是陈卓拨通了夏秋的电话，响了几声，还是被挂掉了。他想了想，编辑了一条信息发过去，只有言简意赅的几个字：“我知道沈铎是怎么死的。”

剩下的只有等待了，但这等待的时间并没有很长，只有一根烟点燃的时间，夏秋的电话就打了过来，她说自己正好回来处理房子的事情，两人便约着在咖啡馆见一面。

夏秋的气色比前些日子好了很多，这是陈卓第一眼就立马能看到的变化。她并没有把记忆副本带在身边，她也没有礼貌地冲陈卓笑，她只是坐下来说：“房子终于卖出去了。”

这简单又突兀的开场，却让陈卓感受到了一种温暖，如老朋友相见般，无须任何的客套。陈卓不知道自己意会得有没有错，于是便也直接问道：“怎么没带他来？”

夏秋明白他问的是沈铎，她说：“要办好多事儿呢，带着不方便。”她说完这句倒是笑了笑：“放哪儿都觉得不合适。”

“哦。”陈卓在夏秋的话里听到的满是爱意，他还是有些醋意和难过，便接着说到了正题，“夏秋，之前的事儿是我做得不对，希望你能原谅我。”

“算了，都过去了。”夏秋倒是表现出了一种释怀的态度，“结果不是还不错吗？”

“对，对，你能这么说我就放心了。”陈卓喝了一口水。

“那你就快点儿告诉我到底是怎么回事吧，这件事儿也一直困扰着我和沈铎，他应该不是自然死亡吧？”夏秋把话题切到了要害。

陈卓点了点头：“这件事儿我也是前几天刚从艾柠那里知道的。”陈卓深吸了一口气，才开始讲这件简单又复杂的事情，而夏秋全程一句话也没有说，只是愣愣地听着，窗外的夕阳慢慢地滑落，把整个城市映得殷红。

陈卓讲完了，把身体狠狠地往椅背上一靠，如释重负一般，夏秋却猛地站起身。

“你要干什么？”陈卓慌忙问道。

“我要去找艾柠！”夏秋的身体在颤抖。

“找不到了。”陈卓说着拿出手机，打开那两条新闻给夏秋看，“这两件事儿都是她干的，估计现在全世界都在找她。”

夏秋看着那两条新闻，又缓缓坐下了，她像是在思考一件极其繁杂的事情，也像是在等待一场早该落下的雨。“怪不得她愿意借我钱。”夏秋喃喃地说道。

“她让我转告你，那笔钱不用还了，但不算是补偿，她觉得自己没有错，错的人现在已经都被她杀死了。”陈卓想伸手去摸摸夏秋的头，安抚她的难过和怨气，但伸出手的念头又恰到好处地被抑制住了。

“陈卓，你说我该恨她吗？”夏秋无助的眼神盯着陈卓看，陈卓想了又想也给不出一个标准的答案来，只是反问道：“夏秋，你觉得自己现在幸福吗？如果是幸福的，那你就谁都不应该恨。”

夏秋很认真地点了点头：“陈卓，谢谢你。”夏秋说完便起身离开，陈卓并没有追出去，因为夏秋没有说再见，那就是说或许还有再见的机会，也或许再也不见。他一个人在咖啡馆坐到日落，坐到月亮升起，突然就觉得，一切都结束了。

他走出咖啡馆，和月光撞了个满怀，有行人欢笑着走过，都和他无关。

Lost in the Memory

9.

风是他的手指，拂过脸庞，湖水是他的眼眸，

久久凝视，屋檐是他撑起的伞，遮挡阵雨，

夜里的被子是他温暖的胸口。

小城最近有了一道新的风景，每个日落黄昏之时，当余晖铺满整条街道，总会有一个抱着“盒子”的姑娘悠闲地散着步，从街道的东边走到西边，影子被拉得老长，像要一直走进日光里。

姑娘的脸上始终挂着笑意，那笑不强势也不开怀，如同历经艰难的岁月终究收获的宁静。她戴着耳机，时不时对着耳机说上几句话，还时不时地抚摩“盒子”，像是在摸宠物的身体，更像是在摩擦爱人的头发，她似乎把周遭的环境都淡忘在身后，而世界的中心就捧在她手心里，晃一晃就世界倾倒，搂在怀中便是温柔。

沈铎在前些日子，终于知道了自己的死因，也明白了关于陈卓以及艾柠的一系列纠葛，他在了悟后沉默了好一阵子，但也并没有激动和悲伤，或许是时间用它的长线，稀释了一切，也或许是他越发懂得自己的无力。失去了和世界抗衡的资本，人都会变得沉静下来，何况是一个记忆副本。

他在重新开口后做的第一件事儿，就是答应了和夏秋的恋爱，虽然他还不能确定自己会不会爱上夏秋，但又总觉得，要努力去尝试一下，不然这对夏秋太不公平。在这段恋情中，在情感上，他是处于优势的，但在现实中，他又处于完全的劣势，这些他都懂，他不敢强求太多，他觉得庆幸又十足的悲凉，他像一滴水穿过石头般，要用漫长的时间来一点儿一点儿去寻找作为记忆副本存在的意义。

沈铎和夏秋在经历过了初期的磨合后，慢慢都找到了与彼此相处的方式，虽然触摸不到身体，但夏秋能感受到沈铎一直在她的身边。正因为没有真实的存在，却恰恰让沈铎变得无处不在，风是他的手指，拂过脸庞，湖水是他的眼眸，久久凝视，屋檐是他撑起的伞，遮挡阵雨，夜里的被子是他温暖的胸口。

对沈铎来说，出门看到的风景，夏秋会描述给他听；一起看的电影，夏秋会把画面讲给他听；夏秋读一本书籍，恰好他都能听到，夏秋就是他的眼睛；吃到好吃的食物，夏秋会说得他垂涎欲滴；去超市买东西，夏秋会告诉他触感如何；今天的天气冷热，夏秋会说比较干燥或潮湿，夏秋就是他的肢体。他的世界变得很窄，接触不到新的人，没有人知道他的存在，夏秋休息或是不在的时候，他只能耐心地等候，他生怕她会突然地消失，他的存在只维系在她一个人身上，夏秋就是他的全世界。

沈铎在一个夜晚向夏秋表达了这份情感，那天夏秋带他去郊游，入住的房子外有一片湖水，夏秋抱着“盒子”在湖边，沈铎听到了属于夜晚的蛐蛐叫和蛙鸣。他对夏秋说：“请你不要离开我好吗？你一离开我就会恐慌，我就会开始胡思乱想一些很不好的事情，这些事情都是关于你的，你知道吗？你的存在对我来说很重要，没有你，我也就不存在于这个世界上了。”

夏秋说：“你别怕，我不会抛下你的，你的存在对我来说也同样重要。”

“不是这样的，夏秋，我恐慌，我焦虑，是因为我怕你遇到什么状况，有什么危险，我怕你被人欺负，我更怕你受了什么委屈，有什么难挨的事情不对我说，你懂我在说什么吗？我不是想和你说谢谢，我要说的是我爱你。”沈铎站在“病房”里，仰着头看天花板，仿佛透过那白色的天花板，就能看到夏秋温柔的脸，他终于确认了这份特殊的情感，他小心翼翼，他生怕弄错了，生怕生出半点儿卑鄙的歧义。

过了好久，夏秋缓缓说道：“真好，原来被爱着是这样一种感觉。”

一整晚，夏秋都陷入了一种柔软的情绪当中，当她躺在床上，把“盒子”搂在怀中时，突然有了种美妙的冲动，她有些羞赧地对沈铎说：“其实，我还是有些遗憾的，我虽然爱你，把整颗心都交给你，但又不能把自己完全地交给你。”

她说的话沈铎当然听懂了，他躺在床上，双手交叉在脑后，思考了片刻道：“你听说过电话性爱吗？”

夏秋的脸红了，沈铎继续缓缓地说道：“其实人和人的性爱有时并不完全需要靠身体，幻想也可以达到同样的程度，你现在平躺下来，听我说。”

夏秋平躺下来，闭上眼睛，让自己的身体慢慢放松，耳边只剩下沈铎迷人的声音。她想象着沈铎躺在自己身边，嘴唇贴在自己耳边说着话，她甚至都能感受到沈铎嘴里喷出的热气，那话语像一根羽毛般轻柔地搔过自己每一寸的肌肤，让她觉得有些凉又有些痒。她侧过身子，紧紧地抱住被子，仿佛抱住了沈铎全部的身体，她想把那身体镶嵌进自己的身体里，她感到这夜晚万籁俱寂，温润如梦，她觉得自己很幸福。

初秋的时候，夏秋通过之前的工作关系和临近城市的一家旅行社达成合作，负责代理小城里的旅游项目。她用卖掉房子的钱盘下了一家店面，又自己张罗装修，生活一下子忙碌起来，虽每天仍旧把“盒子”带在身边，但能说话的时间越来越少。有时沈铎呼唤了她很多次，她都没有回应，沈铎也猜不透她是太忙还是累得睡着了。夏秋偶尔会抱怨今天好累，沈铎也只能说让她多休息别太急。夏秋便说能不急吗，钱都花出去了，没有一点儿安全感。这话听多了沈铎心里也有些不是滋味，却也实在无能为力。

那天夏秋和负责装修的工人吵架，她发现工人贴在墙上的壁纸是细条纹的，可她明明设计的是粗条纹的，细条纹应该贴在另一个屋子里。她让工人撕下来重贴，工人说那要多加工钱，夏秋指责是工人施工失误，可工人却说是夏秋购买的壁纸，那里面根本没有粗条纹的。夏秋便去翻壁纸，发现果然全都是细条纹。壁纸是装修店派人送货的，夏秋便打电话过去询问，可对方却一口咬定夏秋订的全都是细条纹，夏秋气不过，吃力地把两卷壁纸塞进车里，去装修商店换货。

装修店的老板是老商人了，一口咬定夏秋订的都是细条纹，夏秋翻出订货单来看，果然上面没有写清条纹的粗细，是自己太疏忽了，但她觉得可以换货，可装修店的老板坚决不肯换，夏秋又气又急，便和他吵起来。

沈铎听着夏秋和装修店老板的争吵，想帮忙又帮不上，急得他在“病房”里直转圈。“你别急！先好好和他说。”“不换货就去找工商部门协调。”“你把耳机给他，让我和他说。”沈铎不停地在出主意，夏秋那边却越吵越凶，一面要应付装修店老板的无理说辞，一面又要听沈铎的支着，夏秋一下子烦得不行，她冲着耳机突然吼道：“你能不能安静一会儿！”她这一吼，沈铎和装修店老板都愣住了，夏秋也觉得没劲透了，把那两卷壁纸扛回车里，自己坐在车里抹眼泪。

沈铎被夏秋这么一吼，觉得自己倒像个罪人，也觉得自己真是没用，连她受欺负了都帮不上忙。他听着夏秋的抽噎声，心疼又憋屈，他小心翼翼地问道：“夏秋，你还好吗？”夏秋抽出纸擦了擦鼻子：“没事儿，不换就不换吧，刚才对不起，我不是在生你的气。”

虽是这么说，但这件事儿却像一颗图钉在袋子上扎下的第一个窟窿，让沈铎隐约听到了那露出的咝咝风声。

第二颗图钉，是件小事儿，能打败爱情的大都是小事儿。夏秋家的灯坏掉了，她买回来新的灯泡，在桌子上又摆了把椅子，颤颤巍巍地站上去换。沈铎叮嘱她要小心，别被电到，夏秋满口说着小意思没问题，实际手却颤抖着怎么也搞不定，一时站不稳从椅子上摔了下来。

沈铎听到那一声惊叫，和随之而来的物体落地的声音，心里“咯噔”一下：“怎么啦？！是不是摔倒了？有没有受伤？”

过了好一会儿才听到夏秋的回答，是忍着疼痛的：“没事儿，摔了一下，没摔坏。”

“你别自己换了，找个人帮忙吧。”沈铎说出这话就觉得羞愧，自己就在身边，却什么都做不了，这无力感在逐步地放大，他有些生自己的气。

夏秋听话地找来了邻居大叔，三两下便换好，大叔看着揉着腰的夏秋，关心地问："没事儿吧？"沈铎听到大叔的话，担心他是色狼，叮嘱夏秋和他保持距离。可大叔随后却语重心长地说："也该找个男朋友了，有些事儿不是女孩儿该做的。"夏秋笑着说："谢谢您，我有男朋友。"大叔"哦"了一声："异地恋？"夏秋迟疑了一下，点了点头。

虽然沈铎看不到，但他也知道了夏秋的回答，他打心底是理解夏秋的，这事儿没法儿解释，越解释越不清楚，不如点头含混过去。可在这份理解当中，沈铎又觉得不是滋味，或许在夏秋那里，他这个男朋友本就等于远在天边，也是从那一刻起，沈铎开始认真思考和夏秋的关系，或者说自己的存在对于夏秋的意义。夏秋说自己对她很重要，那这份重要如果过重，会不会对夏秋也是一种负担？她为了维持与自己的这份感情，而必须承担所有本该两个人面对的事情，这对她或许是不公平的。

沈铎在那一刻又觉得，自己是真心爱着夏秋的，他回想起自己短暂人生中的多段恋情，假意真情全都包含，但在那些或长或短的恋情中，自己考虑最多的永远是自己的感受与得失，而这一次，他的心思全都在夏秋身上，他并不是要靠这份爱来维系自己的"生命"，也不是消磨无尽的时光，他只是简单地希望夏秋过得好。

他开始认为，自己的存在是在耽搁夏秋的幸福，毕竟爱情是人与人之间的，是眼神肢体的触碰，是感受同一片天空下的呼应，而不是人与冷冰冰的电子产品。对，他现在开始认同自己只是一种电子产品了。

沈铎试着把这些思虑与夏秋说了，换来的却是夏秋的一句："你想把我甩啦？"沈铎急忙解释："不是的，我可以一直陪着你，但我也希望你去寻找现实中的爱情。"

夏秋斩钉截铁地说："我不要，我觉得你就是现实中的爱情，我觉得你就真实地生活在我身边。"

夏秋说完便出门了，装修的工作已经进入尾声，她一天比一天忙，这次不知是太匆忙还是因刚刚的小争执心中有气，她并没有带着"盒子"出门。沈铎听着夏秋用力关门的声音，长叹了一口气，穿梭到回忆里的某个酒吧，喝起了酒，三两杯下肚，他喝得有些晕，想站起身走出去散散步，耳边却突然传来了"咣当"一声巨响，是玻璃破碎的声音，接着世界陷入了黑暗。

天空突然下起了大雨，夏秋想起家里的窗户没关，急匆匆地开车往家赶，一进家门便看到了最怕看到的一幕，摆放"盒子"的桌子就在窗口，一块玻璃碎了，雨斜着扫射进来，全都淋在了"盒子"上面。

她急忙把“盒子”抱走，用衣服擦着“盒子”上的雨水，一边擦一边哆嗦着说对不起，可再连接上电源时，“盒子”却没有丝毫的反应，那个红色的指示灯，再也没亮起来。

夏秋那一刻突然有种就要失去沈铎的绝望感，但她下一秒便冷静了下来，翻出艾柠给她的使用说明书，那上面有售后服务的电话，她拨过去，却被告知已经停机，她抱着“盒子”冲了出去，开车直奔公司总部。

大雨滂沱，风也强劲地吹，夏秋的车子在高速路上数度发生侧滑，但她仍旧没有减速，她感觉害怕，她必须找到人救沈铎。她是理智的，又是疯狂的，她一路念叨着“没事儿的没事儿的，就和手机进水一样能修好的”；可一面又觉得，自己载着的并不是一个机器，而是一个生命陷入垂危的爱人，她要争分夺秒，她要把他从死神手里拉回来。

路途遥远，夏秋赶到公司总部的时候雨渐渐小了，不知是下够了要停下来，还是已不再是同一片云。她停下车抱着“盒子”来到楼下，却发现大门紧锁着。她跑到街对面的店铺询问情况，才得到公司已经倒闭的消息，她慢慢地蹲下身子，眼泪就落了下来，她抑制不住地大哭，压抑了一路的情绪终于崩溃了。

风渐渐地停了，夕阳露出了脸，在天边映出了一道彩虹。夏秋坐在车里，呆呆地望着那道彩虹，“盒子”安静地待在副驾座位上。夏秋心里想着似乎好多年都没看到过彩虹了，或者看到过但也都没有像小时候那样长时间地伫立观望过它，它和年少时数过无数遍的繁星一般，早就被这世界上更多的色彩和光亮替代。

夏秋猛地想到了什么：“繁星！大熊星座！”她念叨着掏出手机，翻到了陈卓的号码，没有丝毫犹豫地拨了过去，电话响了三声，接通了。当陈卓声音传来的那一刻，夏秋松了一口气，她又看向“盒子”，扬起嘴角，她知道沈铎和自己都得救了。

Lost in the Memory

10.

他在床上躺了很久，又穿梭回那片雨中的海滩，

看着夏秋哭泣的背影一步一步走远，他想过去抱抱她，

或者说让她抱抱自己，

他此刻的决定正在把她一点点推远，推到相隔千里看不见的距离。

陈卓接到夏秋的电话还是会有难平的激动，他这些日子虽然对夏秋的事情想得没有那么频繁了，但在所有繁忙时间的间隙里，脑子里还是绕不过夏秋最后离去的身影。他认为那不是诀别，现在看来果真不是诀别。他尽量控制住自己的激动，简单听了夏秋的说明，便让夏秋带着“盒子”来家里，说是家里有修理的工具，很快便能修好。

夏秋按照他给的地址导航过去，在夏秋到来的这段时间里，陈卓把乱成一团的家里迅速收拾了一下，把一堆脏衣服塞进洗衣机，另一堆塞进橱柜里，门铃声便响了起来。他对着镜子理了理头发，深呼了一口气把门打开，夏秋一脸疲惫地站在他面前，手中捧着那个“盒子”。

他想开个玩笑缓解下自己的尴尬，他想装作一身轻松：“瞧你这样子，像是刚从火葬场回来。”话一出口便自知说错了，更加尴尬地兀自笑了两声，把夏秋让进屋子。夏秋把“盒子”放在桌子上，有些拘谨地看着陈卓："打扰你了。"

"太客气了，这事儿你不找我还能找谁？"陈卓拉了椅子让夏秋坐下。"进水啦？"陈卓指着"盒子"问道。夏秋点了点头。陈卓从抽屉里翻出工具："你等一下，很快就能修好。"

陈卓如老修表师傅，一只眼睛戴上放大镜，拿螺丝刀打开"盒子"，他的动作很快，夏秋毫无防备地便看到"盒子"打开后里面的一堆芯片和零件，她急忙把头转了过去，她不想面对沈铎真的只是一堆芯片和零件这个事实。但陈卓并没有洞察夏秋的内心，他一边擦拭着"盒子"内部的水一边说："这感觉像不像在给沈铎做开颅手术？"话刚说完，他就意识到自己又开了个不合时宜的玩笑，尴尬得浑身燥热，他对夏秋说："要不你别坐在这儿了，很无聊的，你随便在屋子里转转吧。"

夏秋从椅子上站起离去，在陈卓的房间里到处看了看。"屋子还挺干净的。"夏秋的声音从卧室传来，陈卓回话道："你正好帮我把吹风机拿过来！就在卧室的橱柜里。"陈卓喊完就后悔了，他一个箭步冲到卧室，便看到夏秋打开了橱柜，自己的一堆脏衣服落在她的头上。"还是我自己来拿吧。"陈卓尴尬地把吹风机拿走，快速离开了卧室。

夏秋从卧室里出来，看着陈卓在认真地修理"盒子"，心里升起些感动，她对着陈卓的背影说道："陈卓，谢谢你。"

陈卓听到这话后背变得僵直，夏秋接着说道：“你是个好人。”

陈卓突然转过头来，满是惊喜的表情：“那就留下来吃晚饭吧。”这回算是抓准了时机。夏秋不便拒绝，点了点头：“那我去买菜做饭吧。”

“真的？”陈卓有些不敢相信。

“这有什么真的假的。”夏秋笑着要出门。

陈卓冲过去把钱包塞进夏秋的手中：“街角就有超市。”陈卓说完又迅速回到了桌子前，像是怕夏秋反悔似的。夏秋看着手中的钱包，无奈地摇了摇头，走了出去，她走得很缓慢，不是犹疑，是难得且莫名地轻松。

街角超市，一蔬一菜，尽是平凡的味道，生活偏偏如此才心安，一早一晚。

晚餐算不上丰盛，但足够温馨，四菜一汤，恰到好处的体面，不铺张也不寒酸。菜是陈卓做的，多年独自生活还是攒了点儿手艺，夏秋加了一道汤，多煮了些时间，更入味，也把夜晚拉长。

夏秋和陈卓各坐在餐桌的一边，“盒子”被摆在第三边，已经被修好，连上了线。陈卓先和沈铎打了声招呼，沈铎一下子便听出了陈卓的声音：“哎？你怎么在这里？”

陈卓判断不出沈铎的话语是亲切还是厌烦，他有些抓不准情绪，只能老实回答："这是在我家，你进水了，夏秋来找我修一下。"

沈铎稍微反应了一下才明白过来进水了是怎么回事儿："哦，那还真得谢谢你。"

"别客气，我应该的，之前的事儿……"陈卓还是觉得自己欠一个道歉。

"过去的事儿了，别提了，夏秋都和我说过了，毕竟你事先也不知情。"沈铎倒是大度。

"无论怎么说，我的做法都有些卑鄙……"陈卓还是觉得羞愧。

"你还真没完啦？"夏秋敲了敲筷子说道，"哎，沈铎，你现在感觉怎么样？没什么不舒服吧？"夏秋转而关心沈铎。

"都挺好的，就睡了一觉嘛！"沈铎回答得很轻松。

"那就好，我们正吃饭呢，四菜一汤，我也给你摆了碗筷，就当你和我们一起吃。"夏秋说着敲了敲"盒子"前面的碗筷。

"哈哈哈哈，真有意思，弄得跟祭品似的。"陈卓也拿筷子敲了敲"盒子"前面的碗筷。夏秋瞪了他一眼，他方知说错话了，急忙闭上嘴巴。

"祭品就祭品吧，反正我也看不到，你们开心就好。"沈铎说道。

"沈铎你别生我气，我不太会说话，我今天挺高兴的，没想到能再见到夏秋，能再听到你的声音……”

“你高兴主要是因为见到夏秋吧？”沈铎大方地揶揄陈卓。夏秋就又敲了敲碗筷，故作生气道：“你俩觉得在我面前聊这个合适吗？”

“不合适，不合适，咱们吃饭吧。”陈卓拿起筷子夹了一口菜，突然想起什么似的，“要不我们喝点儿酒吧。”

“我倒是想喝一点儿，可是一会儿还要开车回去。”夏秋迟疑。

“喝点儿嘛，这么晚了，你开车回去怪危险的，今晚就住这儿吧。”陈卓很诚恳地说道，说完又怕夏秋会多想，便补充道：“我这儿有两个房间，你住客房，我保证会很老实。”他这话有一半儿也是说给沈铎听的。

“你说我能相信他吗？”夏秋俏皮地问沈铎，“你是泡妞儿高手，告诉我这是不是招数？”

“从他的语气里倒是听不出预谋，不过有一类男人就是靠这种诚恳的、笨笨的态度去泡女生。”沈铎故意在气陈卓。

“我真没有！我可以发誓，沈铎你应该了解我的，我这方面什么都不懂，仅会的一点儿小招数还是你教我的，现在我都忘了！”陈卓为了清白激动地拍桌子。

夏秋看到他这个样子忍不住笑意，沈铎的笑声也从“盒子”里传出来：“好啦，我逗你呢，我相信你，让夏秋这么晚一个人开车回去，我也不放心。”

陈卓松了一口气：“你们就要我吧。”他受了好大的委屈般闷头继续吃饭。夏秋却一直盯着他看，他抬起头问：“看什么？”

夏秋头一歪，故作凶狠状：“拿酒去啊！”

陈卓这才反应过来，站起身跑去了厨房，又从厨房里探出头来：“啤的还是红的？”

“我也好想喝。”沈铎特别可怜地说道。

“还嫌没灌够水啊！”夏秋说着把“盒子”抱在怀里，用力地拥抱着，像抱着失而复得的宠物般。

那晚夏秋和陈卓都有些喝多了，在酒精的作用下中间的陌生与隔阂都拉得像餐桌上的距离一样近，每个人都像另一个人，夜色微妙，温柔漫过。沈铎也感受到了这样的气氛，虽只能凭声音参与其中，但也被感染得似乎有了几分醉意。三个人都掏心掏肺地讲述各自这些年的经历，如同多年不见的老朋友般有着彻底的放心，虽然各自的经历或许都讲过几百遍，虽然并不能都无所保留，但都因新的听众而焕发出了新的活力，时不时发出的笑声与偶尔的沉默都是尚好的调味料，比窗外的风声浓稠，比新月亲近。

夏秋先喝多了，在卫生间洗了把脸，就倒在床上睡了过去，陈卓走路也摇晃着，他关上夏秋的房门，想着拔掉“盒子”的电源，但却听到沈铎异常冷静的声音：“陈卓，你先别睡。”

“不行不行，我要睡了，你也睡吧。”陈卓眯着眼睛，舌头都有些大。

“我有话想和你说。”沈铎的声音里透出坚定。

“有什么悄悄话明天再说呗。”陈卓的手已经摸向了“盒子”的开关。

“不行，必须现在说。”沈铎近乎命令地说道。

“好，你说。”陈卓的手离开开关，重新坐回椅子上，一只手撑着下巴，奇怪地打量着“盒子”。

“陈卓，你和我说实话，你是不是还喜欢夏秋？”沈铎的话让陈卓瞬间清醒了几分。

“没……没有，沈铎你别乱想，我和夏秋的事情都过去了……”陈卓慌乱地解释。

“你认真回答我，有还是没有？”沈铎逼问道。

陈卓沉默了片刻，为难地说：“你让我想想。”

“想想就是有。”沈铎斩钉截铁道。

“我本来已经准备放下了。”陈卓这解释分明就是承认。

“可你还是没放下。”沈铎咄咄逼人。

“这不是出了意外吗，我以为夏秋不会再理我了，都是为了救你嘛，要不然……”陈卓觉得越说越错。

“你别解释，我也不是在责怪你，我就想听你真实的感受。”沈铎的语气诚恳，让人很难说谎话。

“夏秋确实挺让人难忘的。”陈卓沉思了一会儿说道，这话说出来比想象中艰难。

“你爱她吗？”沈铎在确认。

“我说不好，我也不知道，但我见不到她这段时间，我会想她，会想知道她过得好不好，虽然她没和我在一起，但我希望她快乐。”陈卓回答得很老实。

“那就是爱。”沈铎竟松了一口气，又感激陈卓的情真意切。

“但她喜欢的是你。”没有否定，陈卓竟有些颤抖，如今承认自己爱夏秋也需要很大的勇气。

“你听我说，陈卓，你应该明白的，你比我更有资格拥有夏秋。你可以给她我给不了的东西，比如照顾她，替她挡风遮雨，替她承担一个男朋友应有的责任。我说这些并不是在抱怨，也不是在嫉妒，我相信我和你一样都爱着夏秋，我甚至比你都要爱她。我想要给她幸福，给她拥抱，给她完整的世界，但我必须面对现实，我只是一个芯片，一段记忆，我永远替代不了一个真正的人，所以我希望你能替我照顾夏秋，我希望你能替代我去爱她。”沈铎说完深深地吸了一口气，如同下了很大的决心，也如同终于说出了内心积压已久的话语。他如今已经交底了，他没有任何筹码，只能等待陈卓的恩典。

“你没喝多吧，不，不，是我喝多了吧？”陈卓不敢相信自己听到的这番话语，这话语无私又伟大，所有过于无私和伟大的话听起来都不像是真话。

“你可能一时接受和理解不了，但我希望你认真考虑一下，你知道的，陈卓，除了你，我没有别的选择。”这一刻，陈卓捕捉到了只属于沈铎的无奈和悲凉。

“你真的愿意吗？”陈卓小心翼翼地问道。

“我爱她。”沈铎简洁地回答道。

陈卓听到这三个字愣住了，或者说是被沈铎的话惊住了，这话不在他的预期回答和理解范畴之内。他支吾了一阵儿，也没找到合适的话接下去，倒是沈铎认为他在犹豫，继续说道：“我爱她，所以我会帮你。”

“帮我？”陈卓喝了酒，脑子一时还转不过来，他有点儿懊悔，该少喝一点儿留些余地的。这一晚事情太多，变数来得太快，他无法细想，只能顺着往下问：“怎么帮？”

“就像之前那样。”沈铎说得轻巧又郑重，“所以你要经常来看我。”

“明白了。”陈卓的语气很弱，不敢太大声，像是在抢走别人的东西般没有底气。他去卫生间洗了把脸，坐在马桶上闭着眼睛深呼了一口气，恍惚感长驱直入，这一晚如同命运的转折点，却到来得毫无征兆。他有些回味，也有些庆幸，有笑意浮上了嘴角，这笑意里又潜藏着挥之不去的罪恶感。

而沈铎躺在床上，听着外面的世界传来的稀碎声响，他让陈卓不要把他关掉，他在做出这个决定后也需要时间来消化，那突然降至的无意识如同死亡般凶狠决绝，他这晚很脆弱，无力招架。他在床上躺了很久，又穿梭回那片雨中的海滩，看着夏秋哭泣的背影一步一步走远，他想过去抱抱她，或者说让她抱抱自己，他此刻的决定正在把她一点点推远，推到相隔千里看不见的距离。他看着夏秋慢慢远去的背影，鼻子突然酸酸的，那就是他们往后各自的位置，你离开我往前走，我一边向后退一边眺望你。

爱一个人却要把她送到另一个人的怀抱，他以前不理解的事情，如今他全都懂了，不会觉得自己伟大，不会觉得人性升华，不会感到欣慰，更不会感到快乐，只有痛苦是真实的，扎实的难过是真实的。她以后一定要活得幸福，要过得充实快乐，要人生圆满，要偶尔想起他，这样他才能假装一切都释怀。

一百个不情愿，还是要这么做，这或许就是爱情。

第二天陈卓送夏秋回家，夏秋本来要自己开车回去的，可昨天喝多了酒，身体有些不舒服，还有些轻微地发烧。陈卓实在不放心，也意识到这是个天赐的机会，便坚持要送夏秋回去。夏秋也没有强硬地拒绝，她实在是不舒服，人也就变得心软，昨晚餐桌上舒适的余温还在，一切顺理成章。

陈卓一路上车开得很稳，越过最开始的兴奋与激动，心境随着路边风景的后退而慢慢平稳，仿佛这车已在路上几十年，日子就是后退的风景，他有那么一瞬瞥到了年老时的生活，夕阳满天，皱纹爬上年轮，夏秋还在身边，他觉得这是奢侈。这一眼就能望到头的生活，是他曾经的短梦，这回梦又拉长了一点儿。

他看着夏秋抱着“盒子”坐在副驾上，迷迷糊糊地睡过去，他很想伸手去捋顺她凌乱的刘海，又想去握住她的手。她轻微活动身体时的呼吸变化，都是大事件，他缓慢伸出的手，又迅速地收回，怕她会醒，怕她会不开心。他不能急，他要等，润物细无声，他是春雨，她是万物。

夏秋在中途醒来，迷糊着询问：“到哪儿了？”

“快了，一多半儿了。”陈卓希望这路一直没有尽头。

“你累了吧，我开一会儿吧。”夏秋提议，多少有些勉强，语气里还是充满不舒适的疲惫感。

“没事儿，这点儿路什么都不算，我是老司机，不干技术员我都能去开出租车。”陈卓的话里有一种市井的烟火气，夏秋听着莫名地踏实。

“要不把他放在后座吧，你抱着怪累的。”陈卓建议道，没有别的寓意。

“没事儿，不沉。”夏秋回答得干脆，这干脆催生了些许距离感。

陈卓不好再接着说，想随便讲个笑话，脑袋里却空空的，什么都搜索不到。夏秋扭开汽车音响，然后侧着头看窗外的风景，有舒缓的音乐飘出来，再说什么都是打扰。陈卓觉得自己差一点儿就要再多讲出一些事情了，那阳光照着夏秋的侧脸，时间悠扬又久远，所有古老的情感都在涌现，他差一点儿就要流泪了。

到了夏秋家，陈卓看夏秋脸色还是不太好，便建议她去医院看一下，但夏秋还要去店里忙装修的事情，找了感冒药吃过便急着走了。她说了谢谢，但没有挽留，陈卓也就没有什么留下来的理由。他叮嘱夏秋注意身体，有事情打电话，便搭上最后一班车，匆匆回了自己的城市。回到家已是深夜，这一天疲惫漫长，他还不想睡。

夏秋从店里回来后也是深夜了，疲惫地倒在床上，迷迷糊糊要睡去，手机却响了，是陈卓发来的短信：“我到了，晚安。”夏秋简单地回了“晚安”便真的睡去，没去多想陈卓那边的情境，一夜混乱的梦，在醒来之前已忘记。

从那天开始，夏秋每天早晚都会准时收到陈卓发来的信息问候，很简单，不啰唆，早安，晚安，从中探寻不到更多的情感，却也有一种大方的坦荡。夏秋最开始收到信息会觉得纳闷儿，是一种搞不懂的怪异感，她大抵能猜到陈卓的心意，但又不想往那一方面想，她觉得陈卓应该是有自知之明的人，可又怕他的自知之明和自己的标准不一样。她甚而审视自己那晚在陈卓家的表现，以及第二天在车里的对话，是否有让他误解的言行，被他捕捉到了，发酵后浮现出了“机会”的字样。

而另一方面，夏秋又对陈卓报以感激，这感激她还并没有想到合适的方式来回报，或许她内心里还有些属于小心机的东西，她不能失去沈铎，也不能失去陈卓，陈卓是这个世界上自己能找到的唯一会修理“盒子”的人，在这个现实的层面上，她是依赖陈卓的。她、沈铎、陈卓三人，是相互依赖存在的，她的依赖感最强，陈卓最弱，唯一能牵住他的那根线，就是他对自己的喜欢，夏秋为自己此时的谋算感到一丝羞愧，这羞愧真实得让她无法回避。

所以，夏秋最开始收到陈卓的问候信息时，每次都会回复，一个笑脸，一个月亮，或者同样的两个字，早安，晚安。但这些事儿她却决口不和沈铎提起，她并没有感情上的私心，她维持所有平衡都是为了不失去沈铎，她只是怕沈铎听到会难过，会加深他的无力感。

可在沈铎这一面，他始终没有听到夏秋和她讲起信息的事儿，他是有另一番解读的，不可否认，他心里有些不是滋味，他认为夏秋开始对他有所隐藏了，可转念一想，他要的不就是这种结果吗？让夏秋一点点地远离自己投向陈卓的怀抱。他在这矛盾中寻找到了释然，却又有些担心自己这一番揣度都不成立，陈卓根本没有按他的设计去行动，他又一次陷入无法掌控的无力感当中。

于是沈铎在和夏秋的聊天中，装作漫不经心地提起陈卓，问夏秋这几天和他有联系吗，夏秋愣了一下说没有，沈铎也就不再问，也不去胡乱揣测，这些信息拼凑不出什么。

夏秋的咳嗽声传来，她的感冒加重了，高烧，扁桃体发炎。沈铎急着让她去医院，但她却硬撑着不去，说没事儿的，装修这两天就完工了，之后再去医院也不晚。沈铎说什么也没用，他只能相信夏秋对自己病情的判断。

可就在装修完工那一天，夏秋起不来床了。她迷迷糊糊地一直在床上昏睡，“盒子”也没有打开，她知道自己该去医院，但自己起床去肯定是办不到了。她想打个电话总可以吧，却发现手机没电了，明明看到充电器就在客厅的桌子上，但这距离之于此时的夏秋有如万水千山，她艰难地爬向床边，再一点点就能下去了，身体却失控地摔在了地上，“咚”的一声，头撞到了地板，让昏睡变得更重了。在失去意识的前一秒，夏秋还感受到了疼痛，非常痛，她想着自己不会就这么死了吧？无人来救，无人发现，有恐慌在心头漫过，一瞬间而已，然后就全都静止了。

这间屋子如一张照片被定格了下来，不再有一丝生动，老家具，新床单，桌子上的“盒子”，倒在地上的女人，有阳光从窗户透进来。

再仔细看，一只蚂蚁缓慢地爬过窗台。

Lost in the Memory

11.

她没来由地就想到这个，

又觉得仿佛是星辰般已过去千百万年，

是生命中后知后觉的闪亮，

是寒冬过后才意识到烧了一冬的炉火，不易想起又确实存在的温暖。

有时候，人的意识会脱离身体的局限，飘在空中或是躲在远处观察一切，又或者无须眼睛，没有光亮，只凭声音便能勾勒出场景，而触感也如同陌生人的一般，能够客观地对待发生在自己身上的境遇，不偏不倚。

夏秋确定自己是没死的，在她还没醒来之前便知道了。在混沌中她隐约听到了撞门声，感受到了一股焦急的风被带进屋子，自己的身体被抱起，胳膊悬空晃来晃去，汽车座位皮革的味道，汽油的味道，道路上的一个坑引起的颠簸，身体被很多只手挪来挪去，嘈杂的声响，针扎进血管里轻微的刺痛，在断断续续的意识里，拼凑出一个连续的段落，她知道自己得救了，她安心了，终于可以不再和疲惫抗争，任性地睡过去。

月升日落，一只老鼠把食物搬回家，教堂的钟声悠远，路灯没有预兆地亮起，这些都不在夏秋的梦里。

她醒过来时已经是夜晚，幸而不太深沉，眼皮和睫毛有些粘连，在朦胧中看到一个男人的背影，在还没彻底清醒的头脑中，她条件反射地认为这背影是沈铎，那个曾经救了自己几次命的人如今再一次挽救了她。她在那一瞬是满心的暖意，想起身从后面抱住他，也不需要任何言语的表达，把头埋在衣服里就够了，这一辈子跟在他的身后也知足了。

可惜总是事与愿违，那个背影听到了动静，转过身来，夏秋的头脑和男人的脸同时清晰起来。夏秋内心好大的失落，又暗笑自己糊涂得忘记了现实，她看到陈卓一脸关心地靠到床边，心里的失落又迅速被疑问取代。

“你醒啦？”陈卓小声地说道，像是对待一个小动物般怕吓到她。

“怎么是你？”夏秋却是这样回应的。

“我给你发信息你不回，等了好久你都不回，我担心你出事儿，就打了电话，电话也没人接，我实在不放心就跑来了，没想到真的出事儿了。”陈卓一脸劫后余生的担忧。

“谢谢你。”夏秋坐起来，拿起床边的水来喝，掩饰自己猛地涌出的脆弱和感动。

陈卓没有察觉到夏秋的情绪转变，夸张地比画着：“我一进门，那场景太吓人了，你脑袋着地，腿还在床上，不知道的还以为你练瑜伽呢！”

夏秋一口水呛住了，猛地咳嗽起来，陈卓给她递纸巾："没事儿吧？医生说你高烧 42 度，再晚点儿送来脑子都该烧傻了！"陈卓很自然地摸了摸夏秋的额头："嗯，现在烧退了。"

"真是谢谢你。"夏秋不知道怎么接话，又喝了一口水，把杯子放回了床边。

"和我还客气什么啊！对了，你饿不饿？一天没吃东西了。"陈卓看了看墙上的时钟，夏秋顺着他的目光也看过去，晚上 8 点，夏秋确实感到肚子里空空的。

"这个时间，医院的食堂都下班了吧？"夏秋问道。

"嗯，早就下班了，不过没关系，我可以做给你吃，我这就回家熬粥，你现在最好别吃其他的，你等着，很快的！"陈卓说着要出门，夏秋"哎"了一声叫住他，本想说别麻烦了，但说出口的话转了个弯儿，变成了"把沈铎帮我带来吧"。

陈卓愣了一下，紧接着爽快地答应了下来："放心，粥和沈铎一起给你拎来。"

陈卓的身影消失在病房里，夏秋把头转向窗外，看到了她醒来时陈卓站在那里看到的风景，漫天的繁星里有一个叫作大熊的星座，她下意识地撸起胳膊上的衣服，胳膊上似乎还残存着笔尖划过的触感。

她没来由地就想到这个，又觉得仿佛是星辰般已过去千百万年，是生命中后知后觉的闪亮，是寒冬过后才意识到烧了一冬的炉火，不易想起又确实存在的温暖。

夏秋的家里，热气腾腾，透过窗户直飘到外面。

陈卓在厨房里，锅里熬着粥，他搅拌几下烫着了手，捏着耳朵出来，把“盒子”连接上，比沈铎先开口：“是我，陈卓。”接头暗号似的。

“夏秋呢？”沈铎下意识地问道。“她在医院，发高烧，你别急，现在已经没事儿了。”陈卓怕沈铎着急，但这些话只安抚了一半儿。“快带我去医院，我要见她！”沈铎的声音里全是担心。

陈卓刚想问一句你用什么见，还没开口，沈铎又改了主意：“不行不行，我不能去，这正好是个机会。”沈铎自言自语似的嘀咕道：“夏秋在医院，那你在这里干什么？还不快回去陪着她！”这近乎是质问。

“我回来给她熬粥……”陈卓解释道。

“对，熬粥好，比买粥更用心，更能打动人。”沈铎说道。

“顺便把你带过去，夏秋让我带的。”陈卓冲进厨房，粥潽锅了，他把锅盖掀开，又烫着了手，急忙放在水龙头下面冲，便又听到沈铎的声音：“我不能去！”

“你说什么？”陈卓把头伸出来。

“我不能去，你在医院正好可以和夏秋培养感情。”沈铎说得很坚决。

“可是夏秋让我把你带去啊，我总不能不听话吧？”陈卓说得也有道理。

“你笨啊！随便找个理由啊！就说我没电了，或者说我坏掉了，你这点儿智商总该有吧？”沈铎气得大呼小叫。

“可我不想骗她。”陈卓弱弱地嘀咕。

沈铎在“病房”里气得直转圈：“这怎么能叫骗呢！再说你也不是没骗过，我让你每天给她发短信的事儿你没告诉她，这叫不叫骗？我当初找到她了你却不告诉她，这叫不叫骗？现在装得多高尚似的……”

“你就别提以前的事儿了……这……这……这不一样。”陈卓想反驳。

“一样！你道德水准怎么突然就拉高了？修行了还是忏悔了？在爱情里谁不要点儿小心机？肯动心思骗对方才叫爱！”沈铎是生气，也是在教诲。

“我知道，我都知道，可咱俩这么合伙骗夏秋，你不难受吗？”陈卓心里还是有过不去的坎儿。

“这种话你以后就别再说了，我都要嫉妒死你了！我要是有血有肉的，还他妈能轮到你？”沈铎骂骂咧咧地说道，“你要记住，我们两个人做的这些事儿都是因为爱她。”

“可我心里还是觉得有点儿忐忑。”陈卓面露为难。

“对，因为有爱才会犹豫，才会忐忑。”沈铎停顿了一下接着说道，“陈卓，我希望你能听我的话，不要再有丝毫的犹豫，我这边劝解自己已经需要很大的力气了，我不想再去一次次地劝慰你，说实话，做这个决定我也挺难的，你别让我后悔。”

陈卓在那一刻，从沈铎的语气中听出了一种委以重任的感觉，他忽然全部明白了沈铎的心境。沈铎说得对，爱是犹豫，爱是忐忑，爱或许还是微风推动流云，是礁石守望大海，但爱也是责任，是累了就能靠住的肩膀。

陈卓用力地点了点头，也不管沈铎能不能看见。“谢谢你。”这是他此刻能说的全部。

“那你现在听好了，今晚机会难得，你要这样……”沈铎如同临别的赠言，又如同在布置一道任务，句句是精髓。

陈卓急忙抓起一支笔，记了下来。

当陈卓拎着保温餐盒回到医院时，关于“盒子”为何没有带来的谎话他也差不多编好了，不过他还是有些紧张，心虚得不敢直视夏秋的眼睛，装作很认真地把粥盛在碗里。“嗯，又进水了，放在窗边，窗户没关，雨扫进来了……”他越说声音越弱。

夏秋看了一眼窗外的星空：“今天下雨了吗？”

“啊，下啦，阵雨，就你晕倒那阵儿下的。”陈卓慌张得差点儿把粥打翻。

“哦，最近总下雨，看来以后不能把他放在窗边的桌子上了。”夏秋自言自语道。“那你修好了吗？”

“差不多了，晾干就能用了。”陈卓把粥端给夏秋，“小心烫。”

“为什么不用吹风机吹干？上次你就是那么干的。”夏秋接过碗，确实有些烫。

“嗯，是这样的，电子产品总用吹风机吹不好，吹风机的热度太强了，里面有些固定用的胶容易化掉。”陈卓的额头已经冒汗了。

“哦，这样啊。”夏秋总算是不问了，低头喝了口粥，脸上露出惊喜，“唉？你怎么知道我喜欢喝甜粥？”

陈卓刚想脱口而出“沈铎告诉我的啊”，急忙又打住，迟钝了两秒：“生病的人嘴里会发苦，所以要吃点儿甜的。”

夏秋好奇地打量着陈卓，用勺子舀了一口粥：“你还真是创新，皮蛋瘦肉粥里面都能放糖。”

“你就别开我玩笑了，我确实是做了之后才想到的。”陈卓一脸老实的样子，“不难喝吧？”他很自然地拿起夏秋手中的勺子喝了一口粥，“嗯，还行。”

夏秋被陈卓突如其来的举动吓了一跳，再拿回勺子的时候不知该用不该用，她看着陈卓诚恳的样子，并没有什么过多的内容，她唯恐自己过于防备，也唯恐换一个勺子或不再继续吃会伤害到陈卓，于是也故作大大咧咧地用勺子舀起粥。

陈卓的目光一直没有离开夏秋的勺子，当夏秋把勺子送进嘴巴时，他一颗悬着的心放下了，甚而还有些激动。他把手塞进口袋里，攥紧了那张来之前沈铎教他写下的字条，在心里把第一项打上了对钩。

看来她并不抗拒和自己稍微亲密一点儿的接触。

夜晚干净又浓稠，病房里透着一股温润的味道，那消毒水的气味，竟也荡漾出了些许的安心，如落日长河的平静与江水微澜的悠然。

喝过了粥，时间已经不早了，夏秋让陈卓回去休息，累了一天，洗个澡，好好睡一觉。

陈卓却坚持要陪着她，怕她夜里再出什么状况，回去了也睡不踏实，病房里另一张病床刚好空着，陈卓说他可以睡在那里，保证不打呼噜。

夏秋不好再撵他走，外加她睡了一整天，刚好也不困，便和陈卓有一搭没一搭地聊天。几分消磨时间，又有几分认真，不经意露出的懒散，也正好透着轻松的氛围。不绕着弯儿地想探听些什么，也不奢求对方给自己什么答案，不想炫耀什么，自然也不会诋毁什么，犹如哗啦啦的清水穿过石桥，树顶上的风也刚好拂过。

这世间让人愉悦的常常不是从天而降的大惊喜，而是墙角生出的小意外。

夏秋在这场和陈卓随意对谈的际遇里，竟意外地发现两人拥有太多的共同喜好。夏秋说个起承，陈卓就能接上转合，夏秋说最爱的电影是《附注：我爱你》(*P. S. I Love You*)，陈卓就能随口说出："你如果想承诺我什么的话，那么就答应我你难过的时候，或者迷茫的时候，或失去信念的时候，你要用自己的双眼来真正看清自己。"

"你也喜欢这句台词？"夏秋听了已满是惊喜。

"我还喜欢另一句。"陈卓受到鼓励，"有一天你会遇到一个彩虹般绚丽的人，从此以后，其他人不过是匆匆浮云。"

"《怦然心动》！"夏秋笑着直摇头，"怎么可能，怎么可能，这太巧了。"

"可能是这两部电影太受欢迎了吧，大部分人都看过。"陈卓解释道。

“也对。”夏秋又问道，“那你有喜欢的电影歌曲吗？”

陈卓想了想随口哼唱道：“Your heart’s on the loose，you rolled them seven’s with nothing lose. And this ain’t no place for the weary kind...”（你的心放荡不羁，屡遭打击却从不低头，这里无法容纳软弱的灵魂……）

夏秋不可思议地看着陈卓，紧皱着眉头，看起来很难过的样子。陈卓一时弄不懂她表情背后的情绪，夏秋却突然捂住脸哭了起来。这猛然变化的情绪把陈卓吓坏了，慌手慌脚地给夏秋递纸巾：“你怎么了？我是不是说错什么话了？还是哪里惹到你了？”

夏秋擦着眼泪摇头：“不怪你，不怪你，是我自己的事情。”

夏秋平复了一下情绪，用力吸了吸鼻子：“你刚才唱的那首歌，那个电影我非常喜欢，但是我很久都不敢再看了。”

陈卓坐在夏秋身旁，一只手按在她的肩膀上，用手掌的温度给她安抚，但并不说话。

“那个电影会让我想起我爸，我爸真的和男主角很像，我不是说样貌，是给人的感觉。我爸也很喜欢喝酒，很爱弹吉他，在夕阳快落下时坐在院子里弹给我听，那都是小时候的事情了。”夏秋把身体靠回床头，陈卓的手也就很自然地挪开。

“那现在呢？”陈卓小心地问道，但已预感到了什么。

“去世了，好多年了。”夏秋勉强又释然地笑了笑。

“对不起，惹你伤心了。”陈卓愧疚地说道。

夏秋摇了摇头：“不，谢谢你。”她真诚地看着陈卓。

陈卓并没有回避夏秋的眼神，他的手在背后甚至握紧了拳头才能撑住不低下头，他在与夏秋短暂的对视中，血液加速地冲上大脑，让他眩晕得差点儿站不稳。还好护士此时走进来，叮嘱熄灯时间到了，陈卓才借此关了灯，躺在另一张病床上。病房里并没有陷入黑暗，窗前有下弦月，月光温柔地照进来，适可而止地搅动着沉默。

“其实，我爸妈走得也很早。”陈卓侧过身子面对着夏秋，夏秋此时也正侧着身子面对着他，两人相隔不到一米远，房间的亮度不足以看清彼此的面容，而这朦胧恰巧能遮掩太过清晰的尴尬。

“或者说我根本不知道他们现在是否还活着。”陈卓解释了一句，夏秋大概能猜到这故事的脉络，但也并不搭话，陈卓接着说道：“我是在孤儿院长大的，那里的夜晚从来都不安静，新送来的小朋友们总是在夜里哭着找爸爸妈妈，说实话我一点儿都不同情他们，但我羡慕他们，至少他们还知道失去爸妈是什么感受。而爸妈对我而言，只是一个名词，我不知道那两个字意味着什么，就像是一个没喝过酒的人不懂得酒鬼的感受一样，或许会好奇酒的味道，但绝不贪恋。”

“你今晚口才好像变好了。”夏秋打趣道，用这调侃来盖住内心那柔软的部分。

“可能是夜晚吧，黑夜会让我变得自信一点儿，总觉得那些失去的光亮能掩盖掉自己是这个世界的少数派这件事儿。”陈卓语调低沉，听起来让人心疼。

“没爸妈就是少数派啊？这个世界上的人终究都会面对这件事情的，你只不过是提前了一些。”夏秋语调里满是轻松，正好调和了陈卓的低沉。

“我是觉得自己从来就没有得到过。”陈卓的话里不无遗憾。

“想要得到的却总是得不到，而不想要的，却一味地给予，我有时也会想，人生到头来的意义是什么？似乎越长大就越有更多的困惑弄不明白，或许等到都弄明白的那一天，也就该是生命的尽头了。”夏秋又平躺回床上，声音就陷在喉咙里，“我这么想是不是太悲哀了？”

“或许人生最大的意义就在于它没有意义，所以我们也不用像完成某个任务似的去对待它，花开了就去看，落雨时就要躲，想爱一个人就表白，错过了难过一阵儿也许就会遇到更好的，要是非要给它加个定论，那就是老子愿意。”陈卓说完自己呵呵地笑了起来。

“你真会开导人。”夏秋的语气里也有了笑意，“本来我还想安慰你的，现在变成你劝慰我了。”

“这话其实也是说给我自己听的，人生三大法宝，抽烟、喝酒、灌鸡汤。”陈卓说完本以为夏秋会笑，但当自己笑完后，换来的却是夏秋的安静，这安静的头两秒让陈卓有些不适，到了第三秒便有些焦急了，是自己又说多了，还是说错了。刚刚那些话陈卓又重新在心里过了一遍，它像一支射出去的箭，预期正中靶心，却偏离了线路绵软地落在地上，陈卓慌了，又不知该如何缓解这慌张。

夏秋终究还是说话了，那话像是经过了漫长的等待，山间的雾气终于飘了出来，潮湿又朦胧，却也只是这世间最平凡的事物，但在某时凸显出了独有的质感。

“陈卓，对不起。”夏秋温和又唐突的道歉吓了陈卓一跳。

“你说什么呢？干吗突然道歉啊？是不是又发烧了？”陈卓说着就要下床开灯。

“我清醒着呢，我就是突然觉得欠你一个道歉，之前对你有过很不好的偏见……”陈卓打断夏秋的话：“这些都是过去的事情了，还提它干什么，再说那时我也做得不对……”夏秋又把陈卓的话打断了：“可你已经向我道过歉了，我却在需要你帮忙的时候才联系你，我心里一直有个疙瘩堵在那里……”

“好啦，我明白，我全都明白，我们不要再纠结了，也不要再互相道歉了。答应我，那些事儿我们都忘记吧，再也不提了好吗？”陈卓急躁的语调落到最后是一腔的温柔，这温柔让夏秋的愧疚心情也得以平复。

“好的，听你的，都不再提了。”夏秋把被子往上面拉了拉，窗外的下弦月又往下坠了一点儿，万物在月光下摇晃，有种无声的温柔。

后来两人又聊了些什么，聊年岁，聊世事，聊隐藏在某一个角落里的风景，聊平日里不会聊到的情绪，伴着侵袭的睡意，声调在渐弱，频率在放缓，然后有一个人因为忽降的梦境没有接住上一句话，这夜才算终止了。

和所有平素的黑夜一样，人潮退去，声音消散，斗转星移，偃旗息鼓。

Lost in the Memory

12.

她觉得和陈卓的距离是近的，但这近又带着疏离感，

带着某种抗拒的成分，或许是自己的戒备心在作祟，

也或许是怕主动的关心如同豁开风袋的口子，

一发不可收拾。

夏秋第二天出院，病一场，似乎好多个日子过去，也似把常日拉长，她气色看起来不错，有一股恬退的韵味，周身的锋芒都隐匿了。陈卓看着她，竟生出天长地久的感觉，应该就是这样了，自己幻想中的妻子，一眼就把一辈子都看到底了，真好。

陈卓把夏秋送回家，这期间话语并不多，仿佛昨夜已把能说的都说尽了，都知心里的距离近了，也无须硬找话来说，放心地让沉默在彼此间盘桓，也不再尴尬。

陈卓替夏秋安顿好一切，又叮嘱了几句普通的关心话，便毫不拖沓地离开。夏秋也只是送到门前，简单地挥手告别，那是一种都知会再见而亲近的淡漠。门外风和日丽，夏秋感觉阳光有些刺眼，便回了屋子，而陈卓的车子还没消失在路的转弯处。

陈卓这一走，从此好一段时间没有音信，连每日的早安晚安信息问候也消失了。夏秋最开始几日并没有在意，她忙碌在店铺装修最后的收尾工作中，之后又开始做营业前的准备，整日焦头烂额，根本没有闲暇再去顾及其他事儿，夜晚更是倒在床上便睡去，日子过得太充实便少了感慨，身体太累便不再有力气考虑他人，就连和沈铎的聊天都充盈着应付的成分，她常主动说：“沈铎我现在很忙，你先去回忆里玩会儿吧，我叫你你再回来。”可等到她叫沈铎的时候，沈铎却总是过了很久才回话，而那时夏秋又有了新的事情在忙，于是两人打着时间差，渐渐地也觉得彼此并不是生活中不可或缺的一部分，至少在某些时间里是这样的。

在某个夏秋终于闲下来的午后，而沈铎还在回忆里穿梭的时段，她猛地想起了陈卓，掏出手机来看，才发现陈卓已经好久没有发来信息了。她有些纳闷儿，也有些担心，怕他出了什么情况，比如像自己前些天生病那样，于是主动给陈卓发了条信息，问他最近怎么样，可她把手机在手里握了很久，都没有收到陈卓的回复。

那一整个下午她都有些不安，像在屋檐下等一场不知何时会落的雨，她犹豫着要不要打个电话过去，却又找不到恰当的借口，如果如同朋友般关心一下，又自认两人的关系好像并没有到随意聊近况的程度。她觉得和陈卓的距离是近的，但这近又带着疏离感，带着某种抗拒的成分，或许是自己的戒备心在作祟，也或许是怕主动的关心如同豁开风袋的口子，一发不可收拾。

但这份纠结只维持到了晚上，夏秋在吃晚饭时刷手机新闻，无意间看到了陈卓所在的城市发生桥梁倒塌的事故，这下便理直气壮地拨通了陈卓的电话，但是没人接，再拨打还是没人接。她分不清自己是担忧还是生气，把手机狠狠地摔在了桌子上。

上床睡觉前，她洗了澡，想和沈铎聊聊天。她呼唤沈铎，好一阵儿沈铎才有回应："叫我干吗啊？我正在喝酒呢！"

"你倒是过得挺开心的。"夏秋心里气不顺，这不是从前的她。

"听着话里有气啊？那你说我不自己找点儿乐子怎么办？你那么忙，哪儿有空陪我啊！"沈铎也阴阳怪气的，他也不似从前。

"我忙完了，想和你说会儿话。"夏秋从沈铎的话里听出了危险，她在示弱，语气里有谨慎。

"哦，想说什么快说吧，哎？你不知道，我刚发现一种酒特别好喝，我之前怎么就没注意呢……"沈铎却是一副吊儿郎当的态度。

"沈铎你怎么好像变了……"这话怎么都不中听，说得再微弱、再诚恳都像指责。

沈铎不接受这指责，语气咄咄逼人，一点儿都不肯让步："我一直都这样啊！你觉得我变了，其实只是我没有按照你的意图老实地等着你的召唤，不能像一条狗一样随时听你的吩咐、陪你聊天，我虽然是个记忆副本，虽然没有肉体，但我也得追求精神上的富足啊！你能体会整天待在一间'病房'里有多无聊吗？"

“你别这么说，我心里难受，要不我改天问问陈卓，看能不能把你的房间修改一下，变成一个花园别墅怎么样？”夏秋聪明，知道不能再谈下去了，试图转移话题。

“好啊，现在立马去找他，你告诉他花园一定要大，要带游泳池，要有管家和狗。”沈铎的话语里有自暴自弃的味道，言外之意是反正我就是个软件，是个程序，你们开心就随便改。

但这话夏秋却没听出来，她很认真地去思考这个问题：“可是我最近联系不上陈卓了，发信息不回，打电话也不接，你说他会不会出什么事儿啊？”夏秋需要沈铎的建议。

“一个大男人能出什么事儿。”沈铎不屑地说道。

“今天新闻报道他那边的桥梁倒塌了……”夏秋话说得自己都心虚，还好被沈铎打断了。

“哦，这样啊，那可能真出事儿了吧，我一个记忆副本看不到新闻，什么都不知道。”沈铎这下算是把情绪说明白了。

“沈铎，我知道这段时间我太忙，有点儿忽略你了，但你也不用这么阴阳怪气的吧？我和你说过多少遍了，我爱你，我在乎你的感受，无论你是人还是记忆副本！”夏秋在往回拉，可这话里也还是带着点儿气的。

“在乎我的感受？在乎我的感受你和我提什么担心别的男人？我

看你是爱上他了吧！”沈铎忽然点出关键。

“沈铎你别栽赃我！我和陈卓只是好朋友！”夏秋的火气也腾地上来了。

“好——朋——友？”沈铎一字一顿地重复这三个字，听起来有种断裂感，“你们之前连朋友都算不上，什么时候好上的？又发信息又打电话，你生病了他怎么就那么巧赶来把你送去医院？你敢发誓你们之间的事儿对我没有一点儿隐瞒吗？”

“你对我连基本的信任都没有了吗？我就不能有一个要好一点儿的异性朋友？我就不能有除了你之外的生活？况且陈卓还救了你两次命！”夏秋近乎吼了起来。

“你别转移话题，我在问你有没有对我隐瞒的事情。”沈铎倒是出奇地冷静。

“有！很多很多，我每一天都和陈卓发信息，最近我联系不上他，我担心他，很想去找他，这下你满意了吧！”夏秋不知自己为何会崩溃，这崩溃突如其来，她控制不住痛哭起来。

“婊子！”沈铎恶狠狠地说道。

“你说什么？”夏秋不可思议。

“我说你是婊子！”沈铎说得咬牙切齿。

“你怎么能这么说我！”夏秋用力地拍打“盒子”，拍得砰砰直响，拍得手掌发痛。这是她未曾预料过的状况，怎么说到了这一步她也来不及思考。“你要和我道歉，道歉！你个王八蛋！”夏秋骂出这一句，冲动已经战胜了理智，她不管了，她觉得备受侮辱，她也不顾了，狠狠地把“盒子”丢到一边。

沈铎感受到了这些拍打和丢弃：“骂人啊？不装淑女啦？使劲儿拍，使劲儿摔，把我弄坏了你就可以和陈卓在一起了！哎，对了，你也不用这么费力气，拔掉电源就好啦！”沈铎双手支在床上，他用力控制着自己的声音不让它跟着自己的身体颤抖，他想把话说得恶狠狠，他想要无理取闹，他想要不择手段地让夏秋厌恶自己。这些他都做到了，他说出的每一句话都是在自己身上插入一把刀子，他要把夏秋从自己身边推走，夏秋每一步都迈得艰难，他同样撕扯得吃力，他们就像是共同体的蚕茧，每一次抽丝剥茧都撕裂得肝肠寸断。

“病房”里突然陷入黑暗，沈铎的痛苦也戛然而止。

夏秋拔掉了“盒子”的电源，把“盒子”狠狠地塞进厨房的储物柜里，做这一切时，她都没有过多地思考，她的脑子此时一片像白炽灯闪过一样的空白，胸腔里被愤怒点了一把燎原的火，她觉得屋子里太闷了，随时可能爆炸般燥热。她跑出屋子，在深夜的街道上疯狂地奔跑，她觉得透不过气来，每一缕风都在给她带来疼痛，这夜和这路都很漫长，自己的肺部要炸裂开。她难过得要死掉，不知道谁会来救她的命，要是能下一场雨该多好，劈头盖脸的清凉，把所有想得却不可得的欲望都浇灭。

事与愿违，星辰漫天。

夏秋跑累了，走进一家便利店，买了瓶水，想了想又买了包烟。她继续沿着街道往前走，一辆货车呼啸而过，走过两盏路灯，听到背后便利店铁门拉下的声音，整条街突然只剩下她一个人，她觉得有些冷，抱着胳膊站在路灯下，点燃了一根烟。

这根烟多少平复了一些她混乱的心境，像一根香火在神明面前点燃。她又接着抽了第二根，正在低头点烟之际，一个男人突然出现在他身边："借个火。"

夏秋看了一眼男人，普普通通，没有侵略性。她把打火机递了过去，男人接过来点完烟并没有把打火机还给她，而是在手中把玩。"多少钱？"打火机在他手中转了个圈。

夏秋疑惑地看了他一眼，本来刚想说两块钱，却看到男人的眼神中有着鄙夷的欲望，她忽然明白了他在问什么。"打火机送你了。"夏秋说着离开路灯底下，往回走。

"别急啊！"男人拉住她的胳膊，"多少钱你说嘛！"

"松开我！"夏秋挣脱了一下，没有挣脱开，本想接着说"再不松手我就叫人啦”，却看到街道寂静，四下无人，心里这才有点儿怕了。

“别急，一起玩玩嘛。”男人一脸无赖相，拽着夏秋的手却更紧了。

夏秋抬脚，想一击命中踹向男人的裆部，男人却一把抓住了夏秋的脚，这下夏秋尴尬了，一脚着地，站都要站不稳了。男人就那么推着夏秋往墙边靠，夏秋一蹦一蹦地被推到了墙边，男人猛地把夏秋转过去，夏秋脸对着墙，一整个背部都暴露在男人的身前。

“救命啊！”夏秋这才大声喊道，是本能的，是明知无济于事的。男人一只手捂住她的嘴巴，另一只手伸进了衣服里，粗糙的质感。夏秋挣扎了一番，如被剁掉头的蛇，尽力扭曲，很快没了力气。这下她算是绝望了，心里升起好大一片空洞，后悔伺机钻了出来。

当男人的手向她的下身爬去时，她想着的只剩下不该跑出来的，不该吵架的，不该发生这一切的，都太荒唐了。海面有冰山在漂浮，缓慢地裂缝，噼里啪啦的声响，全是崩塌的预兆。

或许还是春意的到来。

差不多只是一瞬间的意识涣散，夏秋突然听到“砰”的一声闷响，把她拉回现实中来。男人那粗糙的手停了下来，整个身体离开了自己，后背一片清风，男人倒在了地上。

夏秋回过头去，看到陈卓拎着根木棒站在身前，男人倒在两人之间。

“你没事儿吧？”陈卓紧张地问道。

夏秋点了点头，又摇了摇头，猛地扑进了陈卓的怀里，像是拥抱住一整个夏末，终于控制不住地大哭起来。

陈卓拍着夏秋的后背轻声安慰：“没事儿了，没事儿了，都过去了。”那声音像暮鼓，似落叶。

等夏秋哭够了，她有些羞赧地从陈卓怀里出来，抹着眼睛问：“你怎么来啦？”

“我搬家啊！”陈卓指了指身后的货车。

“搬家？往哪儿搬？”夏秋疑惑地问道。

陈卓把夏秋拉到了车里：“我带你去你就知道了。”

车子一路穿过夏秋刚刚奔跑的来路，像是朝往事里开。

夏秋只是看着，不说话，像是在等待结局。

车子意外地停在了夏秋家门前，陈卓示意夏秋下车，夏秋惊讶地看着陈卓，又看了看自己的家门：“陈卓，你这样太突然了，我家很小的，没你住的地方……”

陈卓笑着指了指对面的房子：“我搬到这里了。”说着掏出钥匙打开房门，空空荡荡。

夏秋恍然大悟，为自己刚才的话尴尬得想笑：“怎么……怎么搬这儿来了？也不提前打声招呼。”

“想给你个惊喜。”陈卓打开后备厢，开始往屋子里搬东西，夏秋也挑拿得动的帮着搬，这过程中夏秋没有再多问话，她对于陈卓搬来的原因有自己的猜测，但又不能确定。倒是陈卓突然很坦率地主动提起：“公司倒了之后我一直闲着，在那座城市也没有什么朋友。”他抱着个箱子停下来，看着夏秋说：“我这么说你应该能懂吧？”

夏秋点了点头，本想大方地说：“懂啦！我们是好朋友嘛！”却又无法把这话说得坦荡。“其实这里挺好的，房子也不错。”只是淡淡地回应道。

“主要是离你近，能够天天看到你。”陈卓说完就走进了屋子，这算是一种不丢颜面的表白，但他并没有再等夏秋的回答，那句话已经耗尽了他的勇气。

“为什么不回信息不接电话？”夏秋冲着陈卓的背影喊道，陈卓思考着这算不算另一种回答，他背部僵直了几秒，又朝前面迈去，把箱子放下。

“这几天忙着搬家，没注意到。”他撒了个明显的谎，让这浓稠的情绪稀释了些许。

夏秋把抱着的台灯放下：“我还以为你出了什么事儿呢。”

“你担心我？”陈卓惊喜地问道。

“是担心‘盒子’再坏了没人帮我修。”夏秋半开玩笑地说道，她没有注意到，自己故意规避掉了沈铎的名字。

陈卓叹了口气，把最后一箱东西搬进屋子：“说说你自己吧，这么晚了跑到街上干什么？”

夏秋的脸色一下子变得难看，涌上了诸多的忧愁。

“和沈铎吵架了？”陈卓试探地猜测。

“没有，我跑步呢。”夏秋脑子里转了一个弯儿，便决定不告诉陈卓实情。

陈卓看了看她的夹脚拖鞋，没有再多问。“我带了酒过来，要喝一杯吗？”

“在这儿？”夏秋指了指一团乱的屋子。

“要不去你那儿？”陈卓询问道。

“这对话怎么听着像约炮……”夏秋说完便觉得说错了话，尴尬地吐了吐舌头。

陈卓拆开箱子的后背又僵住了几秒钟，“太快了。”陈卓呆呆地说道，从箱子里拿出瓶酒。

“开玩笑啦！”夏秋往门外走，却不小心被箱子绊了一下，整个人都扑在了陈卓的身上，陈卓躺在地上，手里还举着酒瓶：“我可没碰你啊！”

“笨蛋快起来啊！”夏秋大喊大叫，两个人从地上爬起来，坐在箱子旁，不可抑制地笑了起来。笑着笑着，四目相对，有柔情在流转，有灯光刚好昏暗，有窗外月朗云稀，但他们没有接吻，只是别过头去，等门前的风打了个转儿吹过去，夏秋先回家了，陈卓没有送她。

那瓶酒，也忘记了打开。剩下的夜晚，两人都没有睡好。

第二天早晨，日光有些稀薄，似乎一晚的业障勉强驱走，没睡醒般地朦胧。

陈卓起得早，在接水管洗车，水“哗啦哗啦”地落在地上，听起来像下雨。夏秋正是被这带有欺骗性的声音吵醒，拉开窗帘，看到一个晴天，再往下看，陈卓洗车的姿势便进入视野。他真是瘦了好多，夏秋唐突地冒出这个想法，想笑，又有些隐约的心惊肉跳。

夏秋推门出来，伸了一个舒展的懒腰，陈卓像全知似的：“吵醒你了？”他扬了扬水管。

“是啊，比平常早起了半个小时。”这话像撒娇，也像个小女生，本来她是打算说：“没有啊，我每天都起这么早。”话到嘴边就变了，不受控制。

“我做了早餐，一起吃吧。”没有抱歉，也没有就着话题聊下去，陈卓像是不在乎她的感受，把话说得很轻松。她也不生气：“好啊，你做了什么吃的？”夏秋说着就走进了陈卓的屋子，途经车旁，几滴水溅在了胳膊上，凉凉的，有夏天的感觉。

陈卓关了水龙头，把早餐端出来，屋子还没收拾好，餐桌旁还是乱糟糟的。煎鸡蛋、烤面包、牛奶和果汁，夏秋却把目光落到那瓶酒上，昨晚没打开，现在也安然地放在餐桌上。陈卓顺着夏秋的目光也看向那瓶酒，之后两人的目光又在酒瓶子上方相撞，再避开，虽都没有说什么，继续按部就班地吃早餐，但那瓶酒就像是一桩悬案，挂在两人的头顶，瓶子里装满昨晚的暧昧。

两人是想要聊点儿什么的，为了把昨晚的事儿故意抛在脑后，要不吃东西的每一个细节都会被放大，咀嚼面包的声音，牛奶入喉的滚动，刀叉和盘子的摩擦，都在屋子中回响，喧嚣着某种不适感。

“我一会儿回去送车，你要一起去吗？”陈卓终于还是找到了话题，“车子是借来的，我所有的积蓄都用来买这房子了。”陈卓在透露生活信息，这包含经济条件。陈卓说完便看着夏秋，目光里像是在等一个关于未来的答案。

夏秋摇了摇头：“路太远了。”

陈卓或许在这话里听到了一语双关，眼神里有了失落。

“哦，路是挺远的，你跟着跑一趟也怪累的。”陈卓起身要收拾用过的杯盘，更像是在逃避这被拒绝的境遇。夏秋却拿过他手里的杯盘：“我来吧。”说着走向厨房：“我留下来帮你收拾一下房子，看起来得收拾好一阵儿。”夏秋边走边说，给陈卓的都是背影，“你自己开车小心点儿，等你回来我也就差不多都弄好了。”不是帮忙的感觉，更像是女主人，“你要是想吃什么，回来的时候顺手把菜买了，我也给你展示一下厨艺。”夏秋已经在刷盘子了。

陈卓心里升起久违的温暖，短短几句话，竟让他有家的感觉。虽然他不曾知道那是一种怎样的体会，大概就是此刻这样，杯盘的碰撞声，水龙头的流水声，屋子里因有另一个人在的嗡嗡的噪声，开门关门的声音，听起来都是安心的，想流泪。

夏秋已经从厨房出来，拿着块抹布，看着愣在那里眼眶发红的陈卓：“你怎么啦？”陈卓没说话，冲过去抱住了夏秋，这突然的举动吓了夏秋一跳，拿着抹布的手就悬在半空。

“你怎么啦？”这回语调轻柔了很多，透着小心的疑问。

“没怎么，我快去快回。”陈卓松开夏秋，朝外面走去。

“我等你。”夏秋冲着陈卓的背影说道，这是陈卓听过的最美的情话。

车子启动的声音传来，夏秋透过窗户看着车子缓缓离去，低头拿抹布擦桌子，眼里有了笑意，再看到那瓶酒，心里也没了多余的想法。她开始归置物品，拆开一个个箱子，轻车熟路得像女主人似的，脑子里也确实在盘旋着一些以后的事情，都是明亮的。

一路的阳光从稀薄变得明亮，陈卓把车窗按下，风涌进来，是带着朝露的空气，他深吸了几口这新鲜的空气，胸腔里涌荡着轻快，没来由地就想笑。前方路长车少，仿佛整个世界都是畅快的，人生过了某个节点后，就会变得美好起来，他忘记在哪里看过这句没头没尾的话，当时只觉是鸡汤，没凭没据，如今却有了几分确信。

过收费站，陈卓摸口袋交钱，半天没摸出来，收费的是个胖女人，脸色已经难看了起来，陈卓才发觉自己换了衣服，钱包在原来衣服的口袋里。他心里划过一阵懊恼，跟随而来的却是惊觉，他透过后视镜，看到一辆大车正要堵在自己身后，他下意识地想到能不能掉头，如果够快的话，应该能冲出去。

可理智让他犹豫了几秒，他不能这么一路逆行开回去，这时大车已经跟在了身后，他无路可退，掏出身份证递给胖女人："我忘带钱包了，你能借我 100 块钱吗？身份证押给你。"

胖女人接过身份证看了看，又看了看陈卓："不会是假的吧？"满脸的嫌弃又无可奈何。

"为了 100 块钱，不至于。"陈卓心里已急得火烧火燎。

胖女人还在犹豫，来回比对着身份证，那一刻陈卓内心里的阴暗面就要翻身，他看到工具箱里有个扳手，敲击脑袋正好合适，他又觉得何必麻烦，撞过去就都解决了。身后大车司机狂按着喇叭，焦躁在蔓延，整条道路被强烈的阳光炙烤着，起起伏伏。陈卓就要踩下油门了，就要抓起扳手了，一切就要失控了，一沓零钱递了过来，胖女人的胳膊还有些短："收费 32 元，剩下 68 元，记得还我。"

陈卓松了一口气，接过钱，那声"谢谢"还没说全，车子就冲了出去，下一个出口 3 公里，再掉头，再上高速，再开回去，保守估计一个小时，不算长，但足够夏秋发现陈卓衣服兜里的东西。如果她真的把自己当成女主人，去洗那件脏了的衣服；如果她真的把自己当成女主人，在衣服入水前认真翻一遍口袋；如果她真的把自己当成女主人，她就会发现一切，离自己而去。

陈卓一路默念，希望她保有矜持，别太亲密，是个懒惰的人，再多些马虎，他人生中第一次盼望夏秋和自己关系生疏些，保持普通朋友之间的适可而止，哪怕和自己的距离再远一点儿，退回到陌生人的位置，都好，都比发现那张字条要好。

路遥远，怎么这么远。

夏秋与那张字条的距离一点儿都不远，简直触手可得，她数次与之擦身而过，都不曾触及。

她哼着歌曲，把屋子里的东西辗转腾挪，轻巧地，吃力地，找到它们应有的位置，渐渐地填补上空白，有如人生般，本来空荡，因遭遇而满溢。

她收拾妥当，擦着额头的汗看成果，还算满意。推开窗户，透进来几缕风，带来些古早的消息，某些晴朗的往事涌上心头。她想起小时候的晴天，洗衣机转动的声响，父亲和她在院子里晾衣服，满院飘动的香气，那时的她不高，跳着脚也碰不到晾衣绳，父亲举起她，肋骨处痒得笑不停……

夏秋脸上有了因沉迷于往事而泛起的笑容，她回身便看到了陈卓换下的脏衣服，想着如今伸手便能触碰到晾衣绳，头顶还是当年的阳光，时间在它面前遁形，昨天和今天重叠，那画面她在怀念。

她把陈卓的一堆脏衣服抱向洗衣机，一张字条掉了下来，她并没有看到。衣服丢进洗衣机，按钮按下，滚筒转起。她转身落眼，字条躺在地上，如掉落的树叶，年久失色。她俯身捡起，没有预谋地展开，上面一串列表，洗衣机的声响如轰隆隆的雷声。

“P. S. I Love You……怦然心动……the weary kind……讲小时候的故事……不联系……突然出现……”言简意赅。夏秋脑子里迅速闪现过和这些词相关联的画面，陈卓背诵的台词，唱的歌曲，小时候的故事……

她突然觉得眩晕，看着满屋子的东西都变了形，有了扭曲的弧度，如沥青般化开，缓慢流淌。“他骗了你，他骗了你，他骗了你……”自己的声音尖锐地从四面八方传来，大方地嘲讽。“傻子，傻子，傻子……”鹦鹉学舌般重复。夏秋捂住耳朵，不想听，也不能思考，只想快点儿离开这抽象的空间。她跌跌撞撞地往外跑，碰到了桌子，放在上面的那瓶酒，摇晃着掉了下来，无辜地碎了一地，她都不管了，她只想逃。

夏秋越过横道冲进自己家门时，陈卓刚好回来，车子急躁地停下，他因惯性而身体前倾，看着夏秋慌乱地跑进屋子，他急忙跳下车跟过去，却还是被夏秋关在了门外。

“你怎么了夏秋？”陈卓在门外问道，里面没有答话，他还在抱着侥幸。

“你快开门啊！我是陈卓！”陈卓拼命敲门，这回里面终于传来了夏秋的声音：“滚！我不想见到你！”

这话让他确定了答案，一路的担心没有白白浪费。“你听我解释。”这开场已经苍白无力，如果不想听，剩下的都是废话。他知道自己又搞砸了一切。

陈卓还是没有放弃地敲了一阵儿门的，疲惫又落寞地转身回家的背影，已经给出了徒劳的结局。他回到屋子里，先是看到了那瓶碎裂的酒，落了一地的糟粕，像极了他此刻芜杂的心境。他接着又看到了那张皱巴巴的字条，捡起来，如拾起一瓣朝花，都已是追悔莫及。

Lost in the Memory

13.

在黎明前的黑暗里，如果你一直往东方走，

跨过河流与平原，绕过湖泊与森林，只要你一直走，一直走，

不怀疑也不放弃，

便能在山谷里看到那准备升起的太阳，你就能看到光。

夏秋从储物柜里拿出“盒子”，急迫地连接上，指示灯亮起，如一盏夜灯，深夜醒来般安心。

“沈铎！沈铎！你听到我说话了吗？对不起！对不起！对不起！”夏秋的思绪混乱极了，她满心的愧疚都通过那颤抖的身体和语调传递出来，“我不该和你吵架，不该生你的气，不该拔掉电源，我错了，我全都错了。”

“你怎么了，夏秋？”沈铎有些疑惑地问道，他刚醒来，感知不到时间的流逝，是过了一秒的夜晚还是诸多的白日，他感知不到。

一听到他的声音，夏秋“哇”的一声哭了出来：“沈铎，我错了，我向你坦白，我最近和陈卓走得很近，对他也有点儿动心。我真不是东西，但你知道的，你应该都了解的，这些都是你教他的招数，太高明了，我没有防备，你还羞辱我。对，这肯定也是招数之一，我笨，我没看透，你不能这么对我，求你不要抛下我，求你不要把我推给别人……”

沈铎这才完全清醒过来，辨别清局势，找回了初醒时消散的理智，他在心里骂了一句脏话，是骂陈卓的，他本以为自己的计划就要成功了，可现在却被拆穿。“夏秋，你别哭，我承认，陈卓的招数都是我教的，请你别怪我……”

“我不怪你，我一点儿都不怪你，我们和好吧，我们回到最初好不好？”夏秋慌乱得像个急需申冤的疑犯。

“最初是什么时候？是你第一次见到我的时候，还是我一直看不到你的时候？”沈铎觉得是时候摊开一切了，是时候做这艰难的告别了。

“是我把你带回家的时候，我们那时候多快乐、多美好啊！”夏秋的声音里带着对往昔的怀念。

“可我现在回想起来，那时是我不幸的开始，那时的我即将爱上一个人，却还不知道终究要失去她。”沈铎略带伤感地说道。

“你不会失去我，永远都不会失去我的，我保证！”夏秋做了一个发誓的手势，没人看到。

沈铎在“病房”里，看着窗帘后面的墙壁，他多希望那里真的有一扇窗，玻璃干净，他想要一缕阳光，给他些力量。

“可你会失去你自己啊！因为我的存在，你将浪费掉自己的一生去陪伴一个触不到的恋人，快乐时得不到拥抱，难过时找不到肩膀，没有人牵着你的手在月凉的夜晚散步，没有人开车载着你看遍世界，年轻时没人陪着你嬉闹，年老时也不能依偎在一起看夕阳。这对你太不公平，人的一生太短又太漫长，你一个人要怎么熬过这所有的岁月？你要我怎么忍心接受你的保证？”

“我不给你保证了，我就默默地这么做，没有你我的生活也没有什么意义，我不要那些抓得住摸得着的幸福，我只要有你的声音陪伴我就够了！我等了这么多年，终于能和你在一起了，你就这么把我抛弃你觉得对我公平吗？不不不，我不要什么公平，我只要你！”夏秋把“盒子”紧紧地搂在怀里，泪如雨下。

“夏秋，要哭你就痛痛快快地哭吧，哭过之后大吃一顿、大醉一场，然后就好好地生活，去找另一个人来爱你。这个人可以是陈卓，也可以是任何一个能让你快乐的人，你要用力地去活着，去体会，这个世界还有更多层次的喜怒哀乐，你就当替我去感受好吗？”

沈铎似乎看到那扇窗了，玻璃干净，窗外是一片绿地，有健康的人在奔跑，有安静的人在看书，有清晨，有黄昏，有一整个人间的喧闹，有晴天，有雨夜，有相爱的人在拥抱。

“沈铎，你是不是不爱我了？”夏秋抽噎着问道。

沈铎说：“夏秋，我爱你，我从来没有这么认真地爱过一个人，以后也不会再有了，可爱一个人就是想要为对方付出所有啊！我能为你付出的最后也是唯一的一件事，就是离开你，不成为你的牵绊，无论你接不接受，但这就是我爱你的方式。”

“我不要，我求你了，求求你了，不要离开我，不要不理我……”夏秋已经泣不成声。

沈铎深呼吸了一口气：“夏秋，你听好，这将是我对你说的最后一段话，之后我就不会再发出任何声音了。我不再和你说话，并不代表我就离开了你，也不代表我会忘了你，你会一直活在我的记忆里，而我也会一直活在你的记忆里。你想我的时候就去回忆里看看我，那时的阳光是不是还明亮着？我是不是还很老实地等在路上？那时的风在往哪个方向吹？你怎么突然就笑了？我们小时候的那个礼堂，现在还在办演讲比赛吗？你爬过的那座山，还有人去吗？这些沉淀下来的画面，永远不会消失的，一直都会在回忆里发着光，踏实地给你指着前面的路。你不要怕，不要难过，带着我的祝福，勇敢地走下去。”

沈铎看着窗外，阳光普照，绿草如茵，人们都活得很幸福，他说“夏秋，我爱你”，红着眼眶。

“沈铎！沈铎！你说话啊！你别不理我，沈铎，你不能这么做，你不能这么狠心地抛下我！”夏秋疯狂地喊叫着，可是再也没了回音，整个世界都安静了，这静谧来得唐突又汹涌，如同冬日午后突然停止了风声。

一片叶子飘落在窗台旁，一缕阳光落在桌角上，抱着“盒子”的姑娘还在哭泣，一整个季节都不再下雨，大地干涸，草场枯萎，万物死寂，云也躲到了风的背面。

没有回忆，人就可以平静地过完这一生。

柴可夫斯基生命中最后创作的一首乐曲，第六交响曲《悲怆》，揭示了一个永恒的真理，死亡是绝对的、无可避免的，而生活中的所有欢乐都是转瞬即逝的。

这是艾柠最爱的一首交响曲，她认为那是自己人生的写照，或者说是每一个人的人生写照。

艾柠最近日子过得很逍遥，游山玩水，走走停停，但也只是看上去那样而已，肤浅的表象，经不起细窥，这都是定律。世间美景渐渐沦为过往云烟，如同沉迷的往事一般，终究会消散了最初的惊艳。她本以为完成复仇大计后，自己会过得轻松明亮一点儿，可那种心头的清爽只维持了几天，便被更多的惶恐折磨得筋疲力尽。

她还是没能逃出老套的罪恶感，或者说她到底还是个普通人，那种杀人如麻，如雨滴落地般自然而然的境界，她还触碰不到，那离她太遥远。

她惧怕每一个黑夜的到来，躺在任何一间屋子任何一张床上，都会梦到作家齐邦和记忆副本公司所有的高层，如丧尸般摇晃着向自己扑来，她怕得要命，嘴里却一遍遍喊着："你们活该！你们活该！你们早就该死！你们不配活着！你们不要咬我，我不想变成和你们一样的垃圾！"

艾柠在这样的噩梦中惊醒，洗把脸点一支烟，有时服用点儿镇静剂，看窗外星空，黏稠的空气，有海腥味儿飘来，远处的灯塔还亮着光，指引着迷途的船只。她便会想着要不去自首算了，世界本是囚笼。可又觉得不甘，她要享尽人间欢愉，那复仇才算完整。

她在网络上搜索这两个案情的新闻，从得到的信息来看，警方还没能找到有力的证据，但似乎又掌握了些什么，前几天她接到过警方的电话，但也只是询问了些正常的问题。她回答时语调诚恳，没有慌张和漏洞，她回想离开齐邦家时擦去了指纹，她认为警方并没有怀疑到自己身上，在这一点上，她又有些侥幸。

这座海边小城，刚开了一家西餐厅，法式焗蜗牛做得一点儿都不地道，她吃了几口便厌了，结了账推门出来。太阳有些大，就算照在地面上也明晃晃的，她适应了一下才看到自己的车子，走过去，刚要上车，突然冲过来两个男人，一个短发一个光头，自称是警察局的，要艾柠配合他们做调查。艾柠心里一惊，觉得完了，终究是暴露了。

她腿有点儿软，盘算着怎么能逃脱掉，她说我上车里拿点儿东西就和你们走，两个男人却不肯给她机会，上来便控制住她的手脚，强行把她拉进了他们的车里。

艾柠没有太多挣扎，在坐进车里那一刻竟有了些人生迟暮般的安心，但短发男人却用绳子绑住了她的手脚，又用胶带封住了她的嘴巴，再套上头套。她这才反应过来，这两个人并不是警察，她希望和疑惑同生，脑子里迅速思考了自己被绑架的意义，勒索、劫色、变态杀人再肢解，多种画面频频蹿出，这让她又感到了彻头彻尾的恐惧。

车子往前开，一路开出了城市，两个男人话不多，最多是左转右转发生分歧，是明显地在绕路，但这些艾柠都察觉不到，只觉两人都对路不熟，不知要去一个怎样陌生的地方，她只感到遥远。

车子在荒郊的一处破房子前停下来，艾柠被带进了屋子，门窗紧闭。男人把她的头套摘下来，被木板斜钉着的窗户，透进几缕阳光，灰尘在中间飘。男人又把艾柠嘴上的胶带撕下来，她已经感觉不到疼痛，她想着答案快来吧。

“艾柠对吧？”短发男问道。

艾柠点了点头。

“知道我们为什么绑你吗？”他语调正常，没有凶狠和戏谑，或许这才是真正的变态杀人狂的本质，艾柠竟有些敬畏，她摇了摇头。

“你和她废话干什么！直接说得了！”光头男看着窗外的情况，不耐烦地说道。

“你在这家公司做过吧？”短发男把一张名片递到艾柠面前。

“她没做过我们绑她干什么？你净说废话！”光头男回身靠过来，“去去去，我来问。”他冲短发男不满地挥挥手。

“我跟你说啊，我们绑你一不为钱，二也不为色，你就老实地告诉我们，你们公司弄的那些记忆副本都在哪儿？说完立马放你走！”光头男亮出一把水果刀，在艾柠面前晃了几下。

艾柠听明白了，这两个人是想要记忆副本，市面上有很多科技公司都想得到这项技术，最直接的办法就是弄一个记忆副本来研究，他们应该是某个公司雇来的。

没有了生命危险，艾柠整个人松懈了下来，对两人的恐惧与敬畏都消失了。“能给我点根烟吗？”她打心里想笑。

“你他妈的要求还挺多！”光头男抬脚要踹艾柠，短发男拦住了，掏出烟自己点燃了又递给艾柠：“边抽边说。”

艾柠深吸了一口烟：“记忆副本购买者的信息都在公司的电脑里，公司已经倒闭了，我找不到。”

“找不到你装什么 × ！还他妈要烟抽！”光头男气得抢过艾柠嘴里的烟扔在地上。

“就真没有别的办法吗？你再好好想想。”短发男问道。

“想不到就玩玩你！反正闲着也是闲着！”光头男面露淫相，这是装不出来的。

艾柠摇了摇头，可就在摇头的一刹那，她想到了夏秋，从而想到了陈卓。她犹豫了一下，看了一眼光头男，对短发男说：“你要保证不让他碰我。”

短发男点了点头，光头男接话：“我这人最讲规矩。”脸上的淫相已消失了大半。

“有一个人那里或许能找到。”艾柠开口。

“谁？在哪儿？”短发男问道。

“还废话干什么！让她带我们去不就得了，谁知道她说的是真是假！”光头男用刀子抵住艾柠的脖子，“你要是敢耍我们，我就捅死你。”

艾柠喉咙滚动了一下，目光坚定：“不会骗你，只是路有点儿远。”

车子一路向北，穿过平原和峡谷，穿过沉睡的大地和苏醒的黎明，穿过野生动物窥视的视线，山间起了雾。

夏秋最近状态不好，她没有一个人扛过所有悲伤的能力，她需要辅助，于是整日地喝酒。那些有着透亮色泽的液体，可以让她混淆在现实和虚妄之间，如沉沦在漫长的自由落体运动中，不需要人来拉住或托起她。

在短暂的清醒和长久的沉醉中，她都对着沉默的“盒子”自言自语，时而哭，时而笑，更多时间里却是木然地呢喃，像一个迟暮的老人，对着夕阳回溯往事，祈盼过往的风声会听到，祈盼走失的孩子会回来。

她有时也会心生这宇宙间真有神明存在的念头，希望他可以不改变现状，只把时间扭转，回到过去，从头再来。

当一个人开始对某些信仰祈祷时，那他坚信自己能掌控生活的信仰便崩塌了。

陈卓最近的生活也在崩塌，跟随着夏秋的步伐，紧随其后。他的房间还保持着夏秋离开时的样子，甚至连地上碎的酒瓶都没清理，洗衣机里的衣服也没拿出来晾，感觉都不重要了。

他内心的愧疚和煎熬也只能靠酒精来麻醉，稀里糊涂地把日子混下去。他想要向夏秋道歉，却怎么也敲不开夏秋的房门，他能听到她在屋子里的声响，也能透过窗户看到她颓废的日子，他想把夏秋从这样的境遇里拉出来，也是把自己拉出来，他明白两个人都陷进了沼泽里，只能由他来拯救，但又不确定夏秋是否需要这个推她掉下去的人。

他时常坐在屋子里，开着门看夏秋的房子，中间隔着一条街道，偶尔有车辆和行人经过，都不会长久地驻足。燥热的风吹来，有蝉鸣的午后，日光把视线都照得摇晃，似乎一切都可以流淌。他想，给他个晴朗的夜晚，他就能把一切都说出口。

终于等到夜色温柔，陈卓拎着一瓶酒来到夏秋家门前，他是喝了一些的，才趁着这酒劲儿疯狂地砸门。夏秋屋里亮着灯，却仍旧不开门也不说话，陈卓喊着夏秋你开门，你别躲我，你窗子还亮着。屋子里终于有了回应，灯熄灭了，月光照在陈卓身上，冰凉。

陈卓并没有打算走，而是坐在了夏秋的窗前，和夏秋说话，向夏秋道歉，他说："夏秋，你也不要怪沈铎，他是爱你的。你知道这事儿对他来说有多难，你要恨就恨我吧，是我自己没有能力，不够优秀，不能吸引你，让你爱上我，才会需要他的帮助来追求你。但夏秋，我是爱你的，这份爱你不应该怀疑，只有爱你的人才会在你身上使花招儿，使花招儿和用真心并不是对立面，而是画等号的，我不是在为自己辩驳，我只是希望你能够懂。"

窗子里仍旧静悄悄的，陈卓喝了口酒继续说道："夏秋，我认识你这么久了，我认识你比你认识我还要久，我这么说你能明白吗？你肯定不明白，这事儿我没有和任何人说过，我只想对你说，我以前总想着，以后我们在一起了，我再找机会把这当故事讲给你听，现在看来没机会了，就现在借着酒和月光和你说说吧。”

陈卓换了一个坐姿，像是能舒服一点儿，他吸了吸鼻子说：“夏秋，你还记得《怦然心动》那部电影吧？我小时候住的孤儿院门前也有那么一棵树，我在傍晚的时候总会爬上去，坐在树枝上看夕阳，一看就是很久，心里很不是滋味，现在回想起来，那时候感受到的应该就是孤独吧？我在树枝上除了能看到夕阳，还能看到不远处的一户人家，女孩儿经常和父亲在门前坐着，女孩儿的父亲喜欢弹吉他，边弹边唱，女孩儿不跟着唱也不乱蹦乱跳，就坐在台阶上托着下巴认真地看着父亲。我那时就在想，这女孩儿真好，真漂亮，要是成为我的家人该多好啊，我要是能和他们在一起该多好啊！我这么说你明白吗，夏秋？你要是不相信就推开窗户看一看，现在月光挺亮的，那棵树又长高了，月亮就在树梢上面，和你的距离就隔着一条街道，那是我们小时候的距离，后来就越来越远了。”

陈卓又喝了一口酒：“后来我离开了这里，但我每年都会回来看一看，我仍旧会爬上那棵树，有时能看到你，有时看不到你。我只能看到那落下去的夕阳，把余晖洒满整座小城，一下子童年时的所有感觉都回来了，我还是会感到孤独，我还是想和你成为家人。”

陈卓抹掉了一滴落下来的眼泪："再后来，这房子空了，好几年都没见到你，我人生也越过越不好，待业、酗酒、发胖，总觉得生活没什么滋味，也没什么真正值得追求的事情。然后在某天，我路过一家快倒闭的音像店，透过窗子就看到了你，我的生活一下子又燃起了希望。那天你买了两张电影光盘在结账，店员一边结账一边抱怨，说这年头买光盘的人越来越少了。你说不是为了看，是为了收藏，那两张电影光盘一个是《附注：我爱你》，另一个是《怦然心动》，我就知道了你喜欢这两部电影。所以，你认为的那些巧合并不全是沈铎在帮我，我只是太笨，没有找到合适的方式去表达，爱情这东西有时也真是的，有些话能轻易地说出口，有些话却怎么也开不了口。"

陈卓抬起头看着树梢上的月亮，隐约看到一个男孩儿坐在树上，坐在月亮里，听见远处飘来轻柔的吉他声，眼中噙满了泪水。

"夏秋，我这次不说我爱你，我只想说，我想你。"陈卓轻声地说道。

夏秋在屋子里，身体紧贴着窗户，她抬头看着外面，月光仍旧清白透亮，和童年时的黄昏一样温柔又惆怅。

有一天你会和那个如彩虹般绚丽的人再次相遇，从此以后，浮云也不再匆匆。

一夜睡得踏实，该说的都说了，遗憾之中也算了无遗憾了。陈卓一直睡到中午，口渴得难受，也懒得起床接水，手机却响了，他在迷迷糊糊中接听，是艾柠打来的，艾柠在电话那头很平静地问他在哪儿，他在回答之后才心生疑惑，回问艾柠在哪里，找自己干什么。艾柠又问陈卓要夏秋的电话，说自己之前忘了留，这回陈卓警觉了起来，并没有告诉艾柠，艾柠就挂断了电话，这让陈卓心里有了隐隐的担忧。

可那担忧也没有引起足够大的警觉，只是在心里翻腾了几番，猜测便消散了，他那时也并没有丝毫危险即将来临的预感，这么说或许不准确，他的头确实有点儿痛。

他在床上又蜷缩了一会儿，睡意才完全退去，他爬起来接水喝，无意间瞄向夏秋的房子，那房门竟敞开着，如同一个安静的寓言，里面写满了原谅。他的宿醉醒了一多半儿，剩下的一点儿伴着那杯水下肚也冲跑了，他放下杯子便出了门。

他小心翼翼地进了夏秋的屋子，看到夏秋正站在凳子上从柜子顶上拿下一把吉他来，他急忙过去接住吉他。夏秋从凳子上下来，拍了拍手上的灰："放在上面好多年了，也不知道还能不能弹。"语气像是什么都没发生过。

"我帮你调一调，试试看。"陈卓也只能就着她的话说，也当什么都没发生过。他擦去吉他上的灰尘，试着去调音，夏秋站在他身后，没预兆地说道："你昨天说的话我都听到了。"

"嘣"的一声，拧得太紧，吉他弦断了。"这个我也能猜到，看你开着门，天气又不是太好。"陈卓把吉他放下。

"改天你给我换根新弦吧。"夏秋把吉他拿过去。

"好，我这就去。"陈卓起身要走。

"不急这一时半刻的。"夏秋语气坚定。

"哦。"陈卓又坐下，心里明白了大概，"你还没吃午饭呢吧？我做给你吃。"他不看夏秋，怕被拒绝，怕自己会错意，这日子每天都恍惚。

"我做给你吃吧，那天本来答应你的。"剩下的话没说完，是都清楚，是不愿再提，夏秋已率先走出屋子，陈卓紧跟了上去。夏秋站在门前停下脚步，望天，却指着不远处："是那棵树吗？"陈卓不看也能回答，天气是真的不太好，山雨欲来的架势。他点了点头。

陈卓吃到了夏秋做的菜，普通的味道，有幸福的错觉。夏秋坐在他对面，他在杯盘之间，看到了往后所有平凡的生活，他觉得日子就该这么过，细小的，无处不在的确认感。

他在那一刻都忘记了艾柠，直到一辆车子停在了门前，两人的目光都被吸引过去。

陈卓走到门前，看到艾柠下了车，身后还有两个陌生的男人。艾柠冲陈卓笑了笑，这笑容勉强又心虚，陈卓看出了不对劲儿，但又看不出哪里不对劲儿。

“好久不见啊！”艾柠先开口道。

“是啊，怎么想着突然来找我？”陈卓顺着问道。

“我们是来找一个叫夏秋的人。”光头男抢在艾柠说话之前开口，短发男瞪了光头男一眼，这表情被陈卓捕捉到了，衍生出一丝危险的预兆。

“你们找夏秋干什么？”陈卓往后退了两步，靠墙边有一根木棍，他随时准备抓起。

夏秋这时也走了出来，艾柠看到夏秋，眼里有从天而降的惊喜：“太巧了，夏秋你怎么在这儿？”

“我家就住在对面啊。”夏秋实话实说，还不知危险降临。

“原来你就是夏秋！”光头男迅速向门前靠拢。

“夏秋！快回屋！”陈卓喊着已经抓起了木棍。

夏秋愣了一下，掉头往屋里跑，艾柠和两个男人追了过来，陈卓拎着木棍挡在门前，用脚关上门：“艾柠，你到底要干什么？”

“陈卓，这和你无关。”艾柠已经沉下脸来。

“夏秋的事情就是我的事情，你们快点儿滚！不然我不客气了！”陈卓握紧手中的木棍，有些颤抖。

光头男冷笑了一声，从怀里掏出了一把枪指着陈卓：“别客气，动手吧！”

黑洞洞的枪口，金属的冰冷质感，冒着寒气，陈卓突然有点儿腿软，紧张地咽了咽口水，不敢动了。

短发男抬起脚凶猛地踹房门，踹了几脚，门开了，他和艾柠先冲了进去，光头男也指着陈卓慢慢地走进了屋子。夏秋拿着拖把指着这伙人，哆嗦着问：“你们要干什么？别过来啊！我叫人啦！”

“夏秋，你别紧张，他们不会伤害你的，只要你交出记忆副本。”艾柠努力地朝夏秋使眼色，那意思是保命要紧。

“记忆副本？我听不懂你们在说什么！”夏秋不理艾柠的暗示。

“不交出来是吧？不交出来我就杀了他！”光头男把枪顶在了陈卓的头上，那扣着扳机的手，缓缓地下压着。

“夏秋，交出来吧，为了一个机器害死一个人，这不值得。”艾柠劝说道。

她说的这些话夏秋都懂都知道，可她此刻却犹豫着，她当然不想要陈卓死，这完全不用质疑，但她又着实不想失去沈铎，哪怕他只是一个机器，只是一个芯片，哪怕他再也不理自己了，可她也不愿亲手把它交出去，那毕竟是沈铎留在这个世界上最后的证明。

而陈卓呢，他感受着顶在头顶的那把枪，生命已掌控在他人手中，接下来的每一秒都是悬而未决，都可能是突然死亡。他很想大气地说：“夏秋，别管我！”他很想说：“你开枪吧，打死我也不会让你们得逞的！”但这些话他通通说不出来，他此刻只有一个念想，我不能死，骂我懦弱也好，自私也罢，我都承认，我要是死了，夏秋怎么办？谁来照顾她？我答应过沈铎的，我不能食言，这不是借口，这是真心话，我也不想失去沈铎，可我要怎么脱离这枪口，怎么打败这三个人？他想不出两全其美的办法。

夏秋手持着拖把僵在那里，光头男大声数着：“3！”一声惊雷炸响，玻璃都震得嗡嗡颤抖。“2！”窗外雨落了下来，“噼里啪啦”地砸在屋顶和地面。“1！”夏秋手中的拖把落在了地上：“我说！”夏秋终于攒够了勇气，也因这犹豫不敢看向陈卓，怕他认为自己曾在心里杀死过他。光头男听了答案，用枪托狠狠地砸在陈卓后脑勺上，陈卓倒在地上，三人冲向了夏秋的房子。

夏秋扑到陈卓身旁，门外的雨扫了进来，雨里面，那三人抱着“盒子”上了车。

“陈卓！你没事儿吧？你醒醒！”夏秋只呼唤了一声，陈卓便挣扎着爬了起来，他的头还有些眩晕，眼前的事物也跟着晃，但他看清了门外那离开的车子。“追……”他说了一句，声音太小，夏秋没听清。

他吃力地站起来：“追！”这一声够响亮，他迈进雨中，迈向夏秋的车子，夏秋才明白他的意思，他眼中有不容置疑的坚定。夏秋冲过去打开车门，本想自己开车，陈卓却把她推向了副驾驶，夏秋不敢阻拦也不能阻拦，她明白这是两人最后的救赎，不然剩下的一生都过不好。

车子追出几百米后，陈卓的意识才完全恢复正常：“夏秋，快报警！”

“哦！”夏秋回答了这一声，似乎才从惊恐中回过神来，用较为平稳的语气向警察描述了事情的大概情况，她挂了电话便看到了前车在雨中奔驰的尾灯，雨刷在眼前摆来摆去，她竟生出了几分镇定。

前车也察觉到了身后的追逐，加快了逃跑的速度，陈卓紧握着方向盘，眼神中是前所未有的愤怒，他在逃脱了近在咫尺的死神后，在被枪托击倒后，随着意识恢复的还有向死而生的心。他紧紧咬住前车不放，一直追出了城区，面前好大的一片荒凉地，闪电在天幕边裂开，击中一棵枯死的树。

前车擦着枯树而过，明显地晃了一下，在三岔路口，本来应向左，结果没来得及拐弯儿，就冲进了正在施工的一条路上，前面是还没修好的断桥，泱泱河水，无路可走，车子停了下来，紧贴着断桥边。

陈卓的车子也跟着冲上了断桥，他看着前面的车子里，光头男打开车门举着手枪在瞄准陈卓的车子，没有丝毫犹豫地扣动了扳机。

“小心！”夏秋大叫，可陈卓此时已经红了眼，子弹打碎风挡玻璃贴着耳朵擦过，车子里有一声口哨响起的错觉。陈卓仍旧不停车，他冲夏秋大叫一声：“抓紧了！”眼神中已是疯狂，他猛踩油门朝着三人的车撞了过去，同样没有丝毫的犹豫。

“嘭”的一声巨响，伴随着的还有滚滚的雷声和渐小的雨。

陈卓小时候听到过一个故事，说在黎明前的黑暗里，如果你一直往东方走，跨过河流与平原，绕过湖泊与森林，只要你一直走，一直走，不怀疑也不放弃，便能在山谷里看到那准备升起的太阳，你就能看到光。

警笛声唤醒沉睡的万物，载着艾柠和两个男人的车子被撞下了断桥，连车带人都掉进了河里。警察从河里捞上来三个人，他们受了不同程度的伤，没有生命危险，手铐戴上，押进了警车。

陈卓和夏秋被汽车弹出的气囊冲击得有些晕，被警察拉出车外，夏秋嘴里还在念叨着“沈铎，沈铎”，警察以为夏秋在担心陈卓，安慰她没有大碍。只有陈卓听得懂夏秋的话，他摇摇晃晃地站了起来，趁警察没留神，来到桥边，跳了下去。刚下过雨，河水很凉。

夏秋和警察都扑向桥边，警察指挥刚刚下水的警员再次下水救人，却只见一个“盒子”浮出了水面，紧接着是托着盒子的手，然后是陈卓的脸。

陈卓在水中吃力地摇晃着“盒子”向夏秋示意，夏秋鼻子酸酸的，笑了。

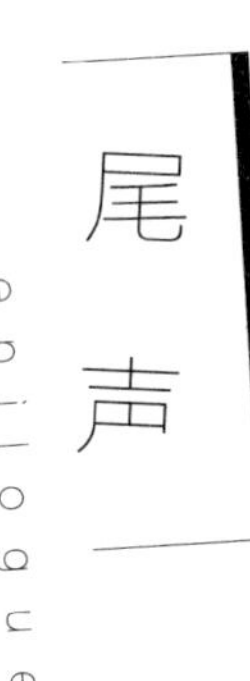

尾声

“盒子”被吹干，如窗外的天色，再组装好，归置回原处，连接上电脑，指示灯亮起，一切按部就班。

“沈铎，你能听见我说话吗？我是陈卓。”陈卓对着话筒询问，夏秋在一旁刚要说话便被陈卓制止住了，他不让夏秋出声，是想让沈铎误以为只有他一个人在，这样或许沈铎会愿意和他说些什么，但是他反复呼叫了几次，沈铎仍旧没有声音。

陈卓把“盒子”再拆开，查看了一番后，并没发现有什么问题。

“他应该就是不想再开口说话了吧？”夏秋看着陈卓的眉头紧皱着，察觉到了一丝不安。

“但他也不至于防备着我。”陈卓试着去分析。

“那到底怎么回事儿？”这话里有疑惑，也有小心翼翼的胆怯。

陈卓犹豫了一下，还是说道：“其实这个发明有一个人性化或者也可以称为‘漏洞’的设定，如果记忆副本的‘求生’本能不强，或是对现实生活过于厌倦的话，他就会沉浸在过往的记忆中回不来，任何呼叫都不管用，我们把这简单地称为‘自杀’。”

“不可能！不会的！沈铎不会‘自杀’的！”夏秋受不了“自杀”这么强烈的字眼，这个词放大了她所有的愧疚。

“我也只是猜测，还没有最后的定论。”陈卓把手抚在夏秋的肩膀，试图安慰她。

“那我能做些什么？”夏秋无助地看着陈卓。

陈卓摇了摇头：“这个我也不知道，或许我们应该遵从沈铎的意思，放弃他。”

“不！我绝对不会放弃的！”夏秋死死抱住“盒子”，“沈铎！你说话！你快说话啊！”夏秋发疯了似的大喊道。

“你冷静一点儿！”陈卓突然大吼。这一吼，把夏秋吓到了，反而安静了下来。

“对不起。”陈卓深呼了一口气，“夏秋，我知道你现在很难过，你要相信我现在和你一样舍不得沈铎，可现在情况摆在我们面前，如果沈铎‘自杀’了，我们做什么都挽救不了，如果他没‘自杀’……”陈卓有些说不下去了。

“你说啊！没‘自杀’会怎么样？你快说啊！”夏秋催促陈卓。

“如果他没‘自杀’，只是故意不说话，他该有多难熬啊？”陈卓眼眶发热，“一个人，被困在房间里，没有时间，没有昼夜，没有消遣，没有疲倦，又不能发出声响，当所有能穿梭的记忆都已厌倦，那他该如何度过这漫长的没有止境、没有死亡的日子？”

夏秋愣住了，这是她没有想过的问题，她仿佛看到了沈铎坐在床上，看着四周发白的墙壁，唯恐发出声响，一动也不敢动，他就那么呆坐着，日复一日，年复一年，没有风霜和岁月的侵蚀，只有孤独渗入骨髓。

陈卓轻轻地拿过她手中的“盒子”，伸手要去按下开关：“让他好好睡一觉吧。”

夏秋按住陈卓已触碰到开关的手，用力地抓住不肯放。

“他还爱你，但不该因为爱而备受孤独的煎熬。”陈卓语气低沉。

夏秋还是不放手。

“你爱他吗？”陈卓的声音在颤抖。

夏秋一瞬间泪如雨下，用力地点了点头，她缓缓地放开了手，放开了所有过往的岁月。

开关按下，指示灯熄灭，夏秋蹲在地上泣不成声。

窗外透进来的阳光落在地上，又一个黄昏准时降落人间，和上一个黄昏好像没有什么区别，它早已看透了人间的世事流转与悲喜，它应该也是孤独的。

夏秋本想把“盒子”像骨灰盒一样埋进墓园，偶尔去祭奠，但又总觉得不妥，沈铎真正的遗骨早已有了归处，而这“盒子”，和它被发明的初衷一样，终归只是个复制品，不具有正式性。她思量了很久，还是把它放进了储物柜里，像一台舍不得扔掉的旧家电，只在某些寻找东西的时候看到，会因此想起一些相关的往事，怀念一小会儿，往后的日子照常过。

一年后，夏秋和陈卓结婚，婚礼在那棵大树下举行，一大片的阴凉。

又过了一年，他们的孩子出生，是个女孩儿，很爱笑。

孩子慢慢长大，夏秋和陈卓慢慢变老，在很多个晴朗的日子，夏秋在院子里晾衣服，洗衣机轰隆隆地转着，满院子的香气。黄昏降临时，陈卓抱着把吉他，弹一些动听的歌谣，忧伤灌满巷子，孩子在奔跑。

日子缓缓流淌，大事儿小事儿，有喜有悲，都很充实。

夏秋时不时还会把“盒子”拿出来，连接上电脑，按下开关，指示灯亮起，然后像老朋友般把生命中所有重大的、渺小的，让她感到幸福或难过的时刻说给“盒子”听。

而这些，沈铎全都听得到。

总有一个人，会在你的记忆里站成永恒。

（全文完）

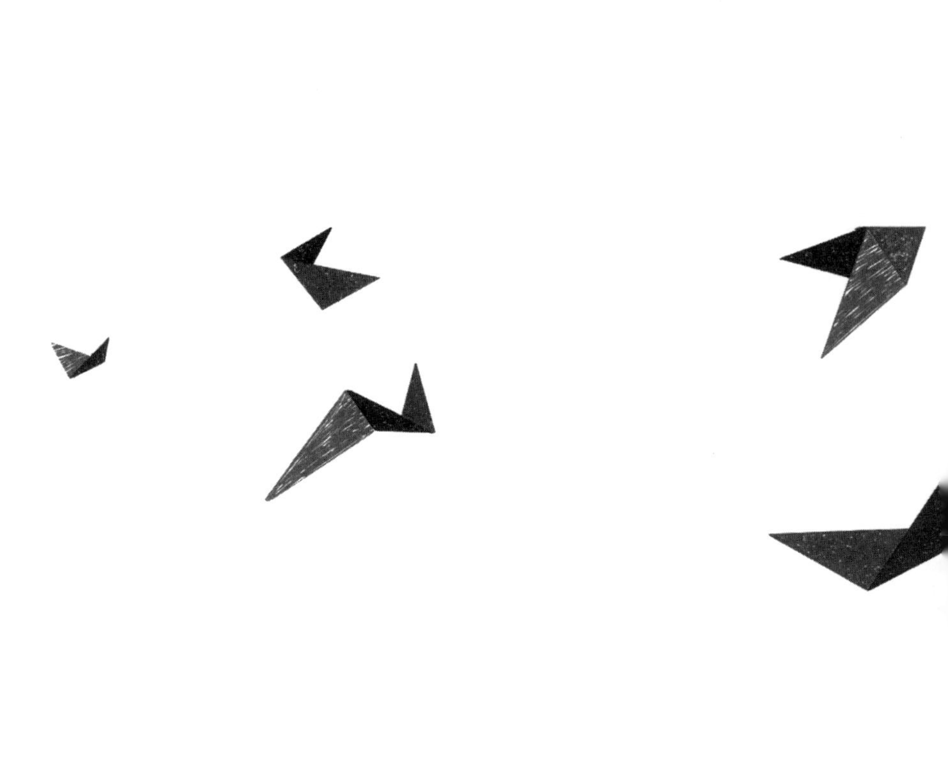

后记

postscript

我想写一本畅销书

春节的时候，在老家和朋友聚餐。老朋友带了个新朋友来，自然要介绍一轮，介绍到我的时候，老朋友说这是位作家，新朋友客气地说幸会，接着又问写过什么作品？我说了一部，他说没听过，我又说了一部，他还是没听过，气氛就尴尬了，我当时很想一跺脚说，没听说过就去死，哼！但我又不是这种妖艳货色，只得使用自嘲的方式把话题结束，然后陪着吃饭喝酒，但剩下来的时间总觉得不舒服，觉得自己似乎矮了一截。

这样的状况近几年频繁地出现，所以我经常在面对陌生人的时候，会故意隐瞒自己的职业，我也不知道为什么会这样，这份曾经让我自豪的职业，怎么就慢慢变得不想提及了。

2011 年的时候，我出版了自己的第一本书，那时图书市场很好，我也拿到了很可观的版税，于是辞去了原来的工作，回到县城里的老家，在公园附近买了一间小房子，想着每天写写书逛逛公园就挺好的，人生也没什么大的追求。接着出版了第二本书，手里又有了闲钱，就整日喝喝酒旅旅游，还偶尔和楼下的老头老太太们打起了麻将。

打麻将本来只是偶尔才去，但打了几次后老头老太太们迷恋上了我，留了我的电话号码，每天吃过午饭就给我打电话，热情得我都无法抗拒。我开始还暗喜他们是喜欢我的人格，为自己真招人喜欢而得意，后来才从侧面听说，他们爱找我玩麻将是因为我每次都输钱，输了还乐呵呵的不发脾气不摔牌。

2013 年的时候，我在老家待腻了，觉得再这样下去自己就待废了，打麻将也打到了穷途末路，于是我被朋友怂恿着来了北京。

一到北京就觉得钱不够用，光租房吃饭就是一大笔开销，那时书也开始不好卖，版税越来越少，于是我找了份古董拍卖公司的工作。找这份工作并不是因为我热爱古董，主要是离住的地方近，走路 5 分钟就到。我这人懒，不想起早，第一天上班就请假，编了个理由说我昨天喝多了太难受，其实是 9 点上班我 10 点才睡醒。

我在拍卖公司的主要工作是拉客户，把手里有古玩的人拉到公司来，让鉴宝专家给鉴定一下，估个价，然后让客户把东西放在公司委托拍卖，当然客户要交一定的费用。刚开始的时候我还充满了激情，觉得这是一份很神秘和高端且有情怀的工作，可后来当我看到专家给一幅都是线头还掉色的烂十字绣估价 100 万的时候，我明白了这是家骗子公司，于是我提出了辞职。半个月后，这家公司被警察连窝端了，员工都被抓进了派出所。我暗自庆幸，还有几分得意，因为我不但没被抓，辞职时还领到了半个月的工资，有 3000 多元。

之后我又出版了一本书，销量不如前两本，觉得写作在走下坡路。那时我一个做生意的叔叔来北京出差，见到我询问我的近况，对于我的写作前景表达了担忧，劝我和他一起做生意。他要把甘肃的一个枕头厂交给我管理，产生的利润我拿大头，如果做得好了再把厂子搬到北京。我那时很勇敢，没什么心思，想了一小会儿就答应了，几天后就和他飞去了甘肃。

可和厂子的几个负责人开了一次会，我又有些犹豫了，那几个负责人都是当地妇女，普通话都不会说，开会的时候就低着头在绣鞋垫，然后用针挠挠头，叽里呱啦说些我一点儿都听不懂的话，还需要另一个旁观者帮我翻译，那一刻我是有些崩溃的，我是靠着回忆一些人生中更艰难的事情扛过去的。我在那次会议上简单布置了些任务，接着回到了北京，开始着手生产销售的事情，然后如预想的一样，问题接连出现了。

先是在甘肃负责采购的人员买不到生产枕头的原材料，我在网上找到了深圳的厂家发了一批聚乙烯过去，又到北京南六环的村里发了一车棉花过去。这样好不容易生产出一批样品出来，可一算成本，根本没有竞争力，网上卖 30 块钱的枕头，我们生产出来要 60 块钱的成本。

但我那时还没想要放弃，盘算着那就把枕头照片拍得漂亮点儿，做些营销，也能赚钱。于是结合妇女们的刺绣功底，决定做一批“陇绣”品牌的产品。便找了摄影师朋友蝈蝈，又拉着当时还肤白貌美的李田当模特，再加上蝈蝈带着的助手，我们四个人拖着一麻袋枕头去宾馆开房拍照。酒店前台疑惑地看着我们两男两女还开钟点大床房，死活不让我们进，无奈之下，我只好把枕头从麻袋里掏出来，解释说我们是来拍照的，这样才得以顺利开房。

后来照片拍好了，拍出来的效果也挺好，我也弄好了淘宝店以及北京公司的注册事宜，眼看就要开卖了，甘肃那边却又出现了问题。先是找不到合作的快递公司，每一个单品邮寄价格都要 20 块钱以上，让厂子那边去谈也谈不明白。接着到了农忙季节，生产枕头的妇女们都回家干农活儿了，没人生产枕头了。我那时挂了负责人的电话，站在窗前，疑惑着枕头什么时候也变成了季节性的产品。我深深感受到了管理一个厂子的不易，除了要掌握材料管理、产品营销和销售等等技能外，还得熟背二十四节气，弄清农忙农闲。

于是在一个失眠的深夜，我把床差点儿辗转弄翻之后，终于决定不瞎折腾了。我给那个叔叔打了个电话，表明了退意，从此我们两个再也没见过面。

生意不做了，我也就从那个叔叔提供的房子里搬了出来，车子也还给了他，觉得在北京混着也没意思，就拖着行李回了东北老家，想着回乡下务农，过点儿田园生活也挺有诗意的。

那时是秋天，天高云淡，到处都洋溢着收获的喜悦。家里人天天忙着干活儿，院子里也堆满了玉米，就我和我奶整天在家闲待着。有天我奶都闲不住了，去院子里把玉米收进玉米楼，我还在炕上闲躺着，就听见我奶喊我帮忙干活儿，我这才软绵绵地来到院子里，帮着收玉米。可只干了 10 分钟，不知是玉米太硬还是我的皮肤太嫩，我的手掌竟然破了，腰也疼，我撑着腰看着玉米还剩那么大一堆，心生绝望，想着如果这就是我往后人生大部分的工作，我身体和心灵估计都难以承受，于是我在隔天又拖着行李回到了北京。

再次回北京开始接触到另一种写作职业——编剧。我本以为编剧和写书是差不多的一种技能，都是编故事嘛，只是换一种格式，但渐渐发现两者有本质的区别。写书是取悦自己，但写剧本却是在服务他人，更确切地说是服务导演、制片人或投资方，哪怕他们丢给你一坨屎，无论你多讨厌这坨屎，也要努力把它捏成花。

上面这段话说得或许有些偏激，艺术领域的审美其实是没有高低之分的，只是个人喜好有差别罢了。作为一个文字工作者，我当然知道这其中的道理，所以只要制片人提供的故事没太大问题，我都不会轻易否定的，除非过于挑战我的认知体系。

我见过一个八一电影制片厂的老师，他想做一部体现社会正能量的电影，故事大概是这样的：有一个双腿残疾坐轮椅的小女孩儿因为在之前的学校总被同学欺负，然后转学到了一所新学校，进了一个新班级，这个班级和之前的班级简直“判若两班”，每一个同学都非常有爱心，对小女孩儿像对亲妹妹一样爱护，全班轮流接送小女孩儿上学放学，从操场到四楼教室那长长的阶梯，总是有人夹道护送，小女孩儿在这样有爱的班集体里，渐渐变得开朗又有自信，学习成绩也直线上升。然后有一天，班里组织春游，全班同学推着小女孩儿到山上玩耍，却不料遇到一块巨石从山顶滚落，眼看就要砸到一个男同学了，在这危急关头，这个从小到大就没站起来过的小女孩儿，竟然奇迹般地站了起来，离开了轮椅，用力把男同学推到了一边。男同学获救了，小女孩儿竟然也没有倒下，然后全班同学围在她身边给她鼓掌，庆祝她告别了轮椅，全剧终。

那老师讲得热泪盈眶，抽烟的手一直在颤抖，我当时听完这个故事也抽了好几根烟，然后弱弱地问了那老师一句，那小女孩儿为什么能站起来？腿怎么就好了呢？老师听了这话很鄙视地看了我一眼说，当然是因为班集体的力量啊！在这样的班集体里成长起来，每个人身上都可能发生奇迹！然后他问我对这个故事有没有些新的想法，他需要年轻人的点子。我很认真地说，老师啊，其实这是一个超自然的故事，咱们可以把它改成科幻片，比如全世界的人都在寻找一种可以修复坏死细胞的能量；或者也可以做成黑色喜剧片，这个班集体的力量和什么辟谷治疗癌症、气功刀枪不入等伪科学有异曲同工之妙；再或者还可以做成爱情片，残疾小女孩儿是前世修炼千年的狐妖，还是小狐狸的时候双腿卡在石头缝里，被当年一个上山采药的童子救了，这次到这个新班级是来报恩的……

老师听完我的话很凝重地看着我，目光里全是失望，但他不愧是老师，有礼貌有素质，他说你这些点子都挺好的，但是和我想要表达的那种和谐社会的集体荣誉感与大家庭相互关爱的温暖主题不太符合，你再回去好好想想吧。我说好的拜拜，起身时发现腿都坐麻了，我轻轻晃了一下身子，没有靠班集体的力量，自己站了起来。

我的这件事还不算离谱，更离谱的是我有个朋友接到过一个项目，投资人是夜总会老板，他想做一个电影，故事是七仙女在天上因为整日吃喝嫖赌被贬下凡间，在夜总会当起了“公主”，电影里的七仙女就全都由夜总会里精挑细选出来的“公主”们本色主演，她们已经成立了一个组合准备出道，名字就叫作“Seven fairy”（七仙女）。

做编剧的这两年，是我对文字工作最怀疑也最厌倦的两年，虽然也渐渐做出了一点儿成绩，也磨练出了些讲故事的能力，但心头却仍旧有种隐隐的不甘，甚而愈加怀疑生活的意义。

我理想中的写作状态是阳光明媚窗外有风，月朗星稀刚好有酒，放下心头闲事，慢慢去写一个在心中酿了很久的故事，也像是重逢一个久违的人。而不是整天忙忙碌碌地开会，听别人谈他们心中的故事，去琢磨对方的喜好，然后在匆忙中写下不确定最后会呈现出什么效果的文字。所以我在时间的夹缝中，又捡起了久违的小说创作，这次我很少再觉得痛苦，相比于写剧本，每次写小说的时候都像是在度假。

我总是在想，在经历了这么多事情之后，我仍然不能把写作这件事放下，那我对它应该是真的热爱吧？如果是真的热爱，就不该再对它抱有过多的期许；可我又真的很想写出一本畅销书，很多人都知道的那种。

如果我真的能写出一本畅销书，那朋友们介绍我的时候便不会再尴尬，那些爱我、关心我的人也不会再为我的生存而担忧，我也可以不再为迎合他人去写违心的文字，人间万事都可以变得简单点儿。

我最近时常悲观，对身边的事物都有些倦怠，我自知人事艰难，不需他人告知，自己也能慢慢体会；可也总免不了生出些一切终成空的悲凉，不敢细想，一细琢磨，就觉得人生更加没有意义。但我又自觉离死亡很远，长路漫漫，还要好好活，不能妥协，不能和这个世界握手言和。

所以我很想写出一本畅销书，因为这是我能想到的和这个世界对抗下去的唯一积极的方式。这也会让我觉得，人生好像还有点儿意思。

吴忠全

“你会一直活在我的记忆里，
而我也会一直活在你的记忆里。”

总有一个人，在你的记忆里站成永恒。

失落在记忆里的人

ZUI Book
CAST

作　　者　吴忠全

出 品 人　郭敬明

文字总监　痕　痕

监　　制　毛闽峰　与　其　李　娜　刘　霁

特约策划　卡　卡　谢晓梅　李　颖

特约编辑　卡　卡　吕　晴

营销编辑　杨　帆　贾竹婷

封面设计　山　川

版式设计　李　洁

封面插图　Lost7

内文插图　蚁　倮

出品／上海最世文化发展有限公司
官方网站／www.zuibook.com
平台支持／最小说　ZUI Factor

图书在版编目(CIP)数据

失落在记忆里的人 / 吴忠全著 . —长沙：湖南文艺出版社，2017.5
ISBN 978-7-5404-8054-7

Ⅰ . ①失… Ⅱ . ①吴… Ⅲ . ①长篇小说 – 中国 – 当代 Ⅳ . ① I247.5

中国版本图书馆 CIP 数据核字(2017)第 068525 号

上架建议：都市情感 | 长篇小说

SHILUO ZAI JIYI LI DE REN
失落在记忆里的人

作　　者：吴忠全
出 版 人：曾赛丰
出 品 人：郭敬明
文字总监：痕　痕
责任编辑：薛　健　刘诗哲
监　　制：毛闽峰　与　其　李　娜　刘　霁
特约策划：卡　卡　谢晓梅　李　颖
特约编辑：卡　卡　吕　晴
营销编辑：杨　帆　贾竹婷
封面设计：山　川
版式设计：李　洁
封面插图：Lost7
内文插图：蚁　倮
出版发行：湖南文艺出版社
（长沙市雨花区东二环一段 508 号　邮编：410014）
网　　址：www.hnwy.net
印　　刷：北京盛通印刷股份有限公司
经　　销：新华书店
开　　本：880mm × 1270mm　1/32
字　　数：146 千字
印　　张：8.5
版　　次：2017 年 5 月第 1 版
印　　次：2021 年 7 月第 2 次印刷
书　　号：ISBN 978-7-5404-8054-7
定　　价：38.00 元

质量监督电话：010-59096394
团购电话：010-59320018